CRIME
SANS
CHATIMENT

Gilbert Trichet

Remerciements à :
Michel Ponceau,
René Cuvillier,
Gil Bargy,
Françoise Lemret
Pour leurs aides précieuses.

Du même auteur sur Amazon livres :

L'ILLUSION D'UN REVE (Roman)
CONFIDENCES ET CONFESSIONS D'UNE FEMME (Roman)
MON MOIS DE MAI 68 (Roman)

« Mon mois de mai 68 » a été traduit en Anglais par Elizabeth Workman sous le titre : MY STORY OF MAY 68.

PRISONNIER (Roman)
LES ETRANGES CRIMES DU PLATEAU DE LA VIADENE (Roman)
LA DROLE DE VIE D'ANDRE RIGAL DIT « Dédé » Mémoire d'un proxénète (Roman)
LA VIE CACHEE DE « Dédé » (Roman)
L'APPRENTISSAGE DE STEVE (Roman)
L'ALLEMAND QUI AURAIT VOULU ETRE FRANÇAIS (Roman)
UNE HISTOIRE D'AMOUR ET D'AMITIE. SOUVENIRS D'ALGERIE. (Roman)

COMMENT RESTER EN BONNE SANTE (Précis de médecine préventive à l'usage de tous)
COMMENT BIEN S'ALIMENTER (Précis de diététique)

Découvrez les chansons de l'auteur sur les plateformes de streaming musicales : YOUTUBE, AMAZON MUSIC, I TUNE, SPOTIFY, DEEZER etc.

AVERTISSEMENT DE L'AUTEUR

Ce roman a été imaginé à partir de faits réels.

Pour ne pas réactiver de vaines polémiques maintenant oubliées, l'auteur a volontairement changé les noms, les prénoms, etc. Il a extrait ce « crime sans châtiment » de son contexte initial…

PREMIERE PARTIE :

L'AVANT GUERRE.

La classe de Monsieur Bouyssou : Mai 1934

Pierre prit le chemin de l'école en courant. Il avait manqué la classe le matin. Le curé lui avait demandé de servir la messe d'enterrement du père Cransac. C'était une vieille famille de paysans aisés du pays, l'occasion de ramasser une bonne pièce au passage. Le maître d'école n'aimait pas qu'on soit absent, quelle que soit la cause. Pour cette raison, c'était pire !

Au carrefour, il vit s'approcher l'équipe du hameau d'Orlhaguet. De solides gaillards précédaient le cortège. Il y avait les frères Meynié, Jacques et Jean, les Cruveillier de la ferme du Puech, les Rigal, cette famille nombreuse dont le père, un manouvrier, louait ses bras dans les fermes. Les petits suivaient en caquetant, imitant les grands dans leurs jeux ; à une distance respectable, les filles fermaient le cortège. Alberto Guidicelli et sa sœur Clara les rejoignirent au croisement de la maison de retraite. Ils venaient du chemin de Benaven. Cette troupe joyeuse impressionnait le passant par leur nombre, leurs bavardages, les imprécations et les plaisanteries qui fusaient des uns aux autres. Pierre les attendit, puis courut à leur rencontre. Tous applaudirent à sa vue :

- Alors, ce matin, grasse matinée !

- Non, enterrement du père Cransac.

- Tu vas te faire frotter les oreilles. Il n'aime pas qu'on manque et en plus, pour le curé !

Pierre le savait. Il aurait droit à une remontrance. Il ne craignait pas son maître plein de mansuétude à son égard. Mais sait-on jamais ?

- J'aurai droit à une réflexion. Il ne veut pas de polémique.

Ils entrèrent dans la cour de récréation. M. Bouyssou les attendait sur le perron de sa classe. Sa femme qui s'occupait des petits, était à ses côtés. Ils regardaient les arrivants, un à un, s'enquérant des présents. Pierre, l'absent du matin, était là. Rassuré, le maître lui fit signe d'approcher :

- Ah! Te voilà ! Où étais-tu ce matin ? Gardais-tu les vaches ou courais-tu le guilledou ?

- Monsieur, c'était l'enterrement du père Cransac et monsieur le curé m'a demandé de faire l'enfant de chœur.

M. Bouyssou se contint. Dans sa fonction, il oubliait son anticléricalisme pour ne laisser place qu'à de la laïcité républicaine.

- Tu ne dois jamais manquer l'école. Rappelle-toi bien ça ! N'oublie pas que tu passes ton certificat d'étude dans un mois ! Chaque leçon compte. Laisse les enterrements et les curés ; ce ne sont pas tes affaires et pense à ton avenir !

A quatorze heures, le maître sonna la cloche. Les grands de dix à quatorze ans se rassemblèrent devant lui, tandis que les petits s'alignaient devant leur maîtresse. M. Bouyssou attendit le silence en parcourant d'un œil sévère les deux rangées de grands qui essayaient de prolonger leurs jeux. Le calme s'établit enfin ; il leur fit signe d'entrer.

Quand le maître montait sur l'estrade, scrutant d'un œil ferme et bienveillant sa classe, on avait l'impression qu'un orateur de la République montait à la tribune de l'Assemblée nationale. Le sujet était toujours important et le propos grave !

- Nous allons parler aujourd'hui de l'ascension d'Hugues Capet au trône de France !

La classe subjuguée écoutait le récit des fondations de la France. Comment ce petit comte et sa descendance allaient regrouper autour de l'Ile de France toutes les provinces françaises jusqu'à la formation totale de notre nation. On sentait dans les rangées s'amplifier la fierté d'être Français. Cette France éternelle sortit du fond des âges avec ses héros, Vercingétorix, Charlemagne, Hugues Capet, Napoléon jusqu'aux fondateurs de la République Gambetta, Thiers et Jaurès. Tous ces fils de paysans qui aimaient leurs lopins de terre, savaient maintenant qu'ils faisaient partie d'un ensemble bien plus prodigieux : La France ! Etaient-ils patriotes ? Peut-être... Ils se sentaient partie intégrante d'un ensemble glorieux, aux racines profondes remontant à 52 avant J-C, à 987, à 1789 : La France ! Ils commençaient tout juste à frémir pour cette entité qui existait comme leurs terres.

On entendit s'approcher les roues ferrées d'une charrette sur le macadam. Le maître tourna la tête vers la fenêtre. Le marchand de bois, Monsieur Borse et un lourd percheron apportaient deux stères de bois.

- Dix minutes de récréation, fit le maître.

Ce fut la ruée vers la cour.

- Ouvrez le portail !

Le plus fort, Marcel Rigal, se précipita. C'était déjà un solide gaillard. Le charroi entra et se dirigea vers le préau.

- Je le verse ici ? Comme d'habitude ? demanda M. Borse.

- Oui, c'est ça, répondit le maître.

M. Borse défit la ridelle, inclina la charrette, et le bois se déversa sous le préau.

- Merci, à quand la prochaine livraison ?

- La semaine prochaine !

Il remit la ridelle et partit.

M. Bouyssou examinait le tas d'un œil soucieux. Marcel Rigal s'approcha :

- En faisant la chaîne, on peut vous tasser tout ce bois en un quart d'heure !

- Vous voulez ? Alors, allez-y ! Seulement les grands du cours du certif, s'il vous plaît, en ligne ! Tassez le bois dans le coin du préau.

Une dizaine de gaillards se passèrent les lourdes bûches de chêne et de châtaignier, une à une et de mains en mains. En à peine dix minutes, le bois fut rangé en un tas harmonieux.

La classe reprit avec au programme une leçon de géographie. Il y fut question de leur pays : Le Massif Central, château d'eau de la France, dans sa diversité, l'Auvergne, le Limousin, le Rouergue, etc. Il insista sur la richesse de la contrée : l'eau avec toutes ces rivières abondantes et variées. Il présenta le trajet de celles qui coulaient près de chez eux : La Truyère et le Lot ; il rappela les grandes villes proches : Aurillac et Rodez. Comme un verre grossissant, il se rapprochait de leur bourg : Sainte Geneviève sur Argence près de Mur-De-Barrez et de Laguiole. Il déplia une carte locale, montra les principaux villages du canton, la vallée de l'Argence, ce torrent qui irrigue leur pays et se déverse en cascades bruyantes dans la Truyère.

Il décrivit le barrage hydroélectrique de Sarrans qui borde le canton. Il venait d'être inauguré par le président de la République Albert Lebrun en juin 1933. Ce barrage avait été construit en partie grâce aux dommages de guerre que l'Allemagne vaincue devait à la France victorieuse en 1918. Le maître insista et les garçons se sentirent fiers d'être les enfants de cette France forte et victorieuse qui résiste à un envahisseur. L'arrivée de l'électricité dans les bourgs était le plus grand progrès de ces dernières années. Bientôt chaque ferme, chaque hameau isolé seraient alimentés, éclairés, par la « fée » électricité. Des moteurs électriques faciliteraient le travail de l'homme et pourquoi pas, des trayeuses électriques dispenseraient les femmes de la corvée de la traite des vaches ? La France marchait à grands pas vers le progrès. Les garçons n'en doutaient pas. L'avenir leur parut plein de promesses…

La belle Clara.

Pierre sortit du porche du magasin « Casino » en poussant sa carriole de livraison pleine à ras-bord. Le soleil était déjà haut dans le ciel ce jeudi matin de mai 1934. En voyant ce beau ciel bleu, le petit livreur eut dans le cœur l'allégresse printanière de ses quatorze ans. Il courut, prit de la vitesse à tel point que la carriole dérapa sur les graviers du virage au coin de la place. La route montait devant la mairie. Essoufflé, il ralentit et marcha en jetant un coup d'œil à l'intérieur du café pour voir si des copains étaient déjà arrivés.

- Non, personne, dit-il.

Il allait livrer la maison de retraite. Elle n'avait que quinze pensionnaires. Cinq sœurs étaient à leur service, en tout vingt personnes à ravitailler. La lourdeur de son chargement s'expliquait…

Plus loin sur la route, une silhouette élancée se détachait dans le paysage campagnard. Son cœur battit la chamade. Qui pouvait avoir parmi les jeunes filles de la contrée cette démarche pleine de charme, ce pas alerte, ces jambes fines, cette longue chevelure brune ? Il accéléra le pas.

- Déjà une Parisienne en vacances ? se demandait-il.

Il voulut en avoir le cœur net. Il poussa sa carriole avec une force décuplée. La jeune fille chargée d'un lourd cabas avançait en chantonnant un air à la mode. Elle semblait apprécier la beauté verdoyante de la prairie qui descendait en pente douce vers l'Argence. Le soleil scintillait à travers les branches des aulnes du bord de la route comme pour taquiner ses beaux yeux noirs.

Pierre la rattrapait peu à peu. Il nota cette belle taille fine, empreinte de vigueur.

- Que de charme ! se disait-il en s'approchant.

Quand il arriva à sa hauteur, il reconnut Clara Guidicelli. C'était une amie d'enfance. On l'appelait dans le village sur un ton, pas toujours anodin : « La fille de l'Italien ».

- Bonjour ! Comme tu as changé ! Tu es devenue une jolie jeune fille. Quel âge as-tu maintenant ?

L'habitude de la clientèle du magasin avait rendu Pierre hardi.

Elle rougit, jeta un œil courroucé à ce garçon qui se permettait de telles appréciations à son égard, même élogieuses.

- Treize ans, répondit-elle enfin avec un haussement d'épaule.

Une moue désapprobatrice se dessina sur son visage. Ses longs cils noirs battirent et ferma son regard de feu comme une porte qu'on claque au nez d'un malotru. Elle avait envie de lui dire : « Passe ton chemin, tu m'ennuies !» Elle se retint.

Pierre le sentit.

- Bon, je comprends ! Je ne veux pas t'importuner davantage.

Il valait mieux ne pas insister. La belle risquait de se fâcher. Il pressa le pas pour la doubler.

- Bonne journée ! dit-il pour conclure cette brève entrevue.

En s'éloignant, Pierre retenait son émotion. Le regard de Clara, même courroucé, en sondant le sien l'avait séduit. Ses longs cheveux bruns, les accroche-cœurs qui inondaient son front, son visage régulier et serein, cette carnation de brune, tout, tout avait retenu son attention. Il était ému. Il avait envie de la revoir pour mieux la connaître. Mais, il avait senti quelque chose de sauvage, d'indépendant comme une force souterraine qui l'avait décidé à renoncer… au moins pour le moment.

« Elle est beaucoup trop jeune, » se dit-il.

Ne disait-on pas dans le village que les Guidicelli étaient des gens à part ? Son frère Alberto se joignait difficilement à leur groupe d'ados. Il paraissait toujours sur la défensive.

Sa sœur était si belle !

Leur père, Mario, était venu s'embaucher à la ferme de Beauregard, chez les Domergue, au printemps 1919. Le père Domergue avait été gazé sur le front, au chemin des Dames en 1917. Il n'était plus bon à grand-chose dans sa ferme ! Ce jeune homme Italien fit l'affaire. Il s'intégra vite à la famille, ne ménageant pas sa peine, étant toujours là, même le dimanche pour traire les vaches ou aider à rentrer le foin quand l'orage menaçait. Le père Domergue, malgré quelques réticences, vit d'un bon œil l'idylle qui se tramait entre sa fille Marguerite et « l'étranger ». Ils s'épousèrent au début de l'année 1920. De cette union naquit un garçon Alberto en septembre de la même année, puis une fille l'année suivante, notre belle Clara.

Même si « l'Italien » était dans la réalité celui qui gérait tout dans cette exploitation agricole, cette union fit jaser. A cette époque dans le Haut Rouergue, on se méfiait des étrangers, quels qu'ils soient, et surtout des Italiens ! De plus, il était mal vu qu'une fille du pays, de propriétaire terrien comme les Domergue qui possédaient une propriété conséquente, épouse un simple domestique. Le domaine de Beauregard s'étendait des rives de l'Argence au torrent de Benaven et comportait plusieurs centaines d'hectares de prairies et de forêts. De plus, le château de Beauregard avait un passé. Il avait été construit au début du dix-huitième siècle par le seigneur éponyme allié aux Théniers, seigneurs de Sainte Geneviève. A la révolution, le châtelain ayant émigré, ses biens furent confisqués et vendus comme « bien national » à la famille Domergue. Depuis, ce petit château aussi appelé dans cette région « castelou » avait vieilli. Quoique joli, il était vétuste et mal entretenu.

La vox populi montra du doigt cette nouvelle famille. Elle les méprisa. Le château de Beauregard, appelé ainsi pour son point de vue extraordinaire sur les gorges de la Truyère, perdit sa noblesse historique. Il devint la ferme de « l'Italien », puis plus tard après la naissance de Fernando et de Clara, « des Italiens ».

Eux menaient leurs vies rudes d'honnêtes paysans, fiers de travailler sans rien devoir à personne, et, malgré tout, toujours prêts à rendre service, à prêter un cheval, une charrette ou une charrue à quiconque les demandait.

De mauvaises rumeurs couraient dans le pays. On racontait que « l'Italien » braconnait au mépris de toutes les règles en usage, qu'il buvait, battait sa femme et troussait ses servantes. Y avait-il un peu de vrai ou était-ce pure malveillance ? Rien d'objectif ou de réel ne filtra jamais et le domaine de Beauregard semblait être un asile de paix où seul le travail et la réussite importaient. Le père Domergue s'éteignit très tôt vers 1925, et Mario Guidicelli devint le patron du domaine de Beauregard.

Conversations du café de la place.

A la sortie de l'école, les grands de la classe du certif, à l'exception d'Alberto, se retrouvaient au café de la place pour bavarder et jouer au baby-foot. C'était un moment de détente avant de regagner la maison pour aider aux travaux de la ferme. Ils s'asseyaient et commandaient une limonade ou un diabolo-menthe sauf le grand Marcel Rigal qui, de sa grosse voix braillait :

- Pour moi, ce sera un verre de rouge !

Il y avait Pierre Cazes, le fils du magasin Casino, que nous connaissons déjà, André Paulhac de la ferme de Cantoin, Philippe Meynié, le fils de la ferme du Mas, et bien sûr, Marcel Rigal dont les trois petits frères jouaient sur la place en l'attendant.

Les parties de baby-foot se succédaient. Quatre garçons jouaient, deux contre deux, tandis que les deux autres regardaient. On se défiait ; on riait. Les deux perdants laissaient leurs places aux deux spectateurs. Les entrants devaient mettre la pièce dans la fente qui permettait de recommencer une partie. Après quelques parties, ils en eurent assez ; ils s'assirent devant leur verre. Des conversations sérieuses jaillirent :

- Avez-vous remarqué la fille Guidicelli, fit Pierre.

- Beau brin de fille en effet !

- Tu as vu ses longs cheveux bouclés qui descendent en cascades sur ses belles épaules.

- Moi, j'ai vu son regard farouche quand je l'ai doublée avec ma carriole de livraison juste avant d'arriver à la maison de retraite, commenta Pierre.

André demanda la parole. Il avait du solide à propos de Clara :

- Je descendais à vélo, venant de Cantoin, à fond comme d'habitude, et juste avant le pont du bras de l'Argence dite « morte », j'aperçus au dernier moment une belle cavalière montée sur une superbe jument Elisabeth ! J'ai freiné… Elle a stoppé sa monture à temps pour me laisser passer. Je n'en croyais pas mes yeux. C'était la fille de l'Italien ! Toute belle en culotte et bottes de cheval ! Elle m'a souri, un grand et beau sourire. Elle a vu que j'étais surpris. Si elle avait traversé, je n'aurais pas pu l'éviter.

- Que faisait-elle par-là ?

- Je sais, dit Marcel Rigal. Les Ritals ont racheté la ferme du Quié avec les pâtures et les bois. Mon père a été embauché pour remettre en état les clôtures, couper les genêts et les ronces. Il y en a au moins pour deux ans ! Tant mieux ! On claquait du bec devant le buffet pendant l'hiver dernier ! Personne ne lui donnait du travail. Il passait son temps à ramasser des châtaignes, cueillir des champignons ou braconner des lapins.

- Cavalière ou piétonne, c'est une beauté sublime !

- Fière ! Trop fière !

- Farouche mais si jeune ! Elle se méfie des garçons… et elle a raison quand on voit vos regards de loups affamés !

- Bon ! Les gars, faut y aller, la pendule tourne !

Après cette demi-heure de détente, les garçons remirent leurs vestes, prirent leurs sacs. Il fallait rentrer pour aider les parents à rentrer les animaux pour la traite, nettoyer la cour ou les étables. Le travail ne manquait pas…

Première rencontre.

Cette année-là, toute la classe du certificat d'étude de M. Bouyssou fut reçue. Même le grand Marcel Rigal pour lequel le maître avait de réelles craintes, passa la barre haut-la-main. De plus, il s'enorgueillit d'avoir parmi ses lauréats le premier du canton en la personne d'André Paulhac.

La plupart des reçus continuèrent sur la voie qui leur était toute tracée : reprendre la ferme familiale. Ils descendaient en car au collège d'Espalion pour parfaire leurs connaissances en agriculture et en élevage. Pierre Cazes entra au lycée de Rodez où on l'admit en quatrième. Quant à André, il entra au collège technique d'Aurillac pour devenir électricien. Toute cette équipe se retrouvait le samedi soir et le dimanche au café de la place.

L'été 1936, les « Parisiens, » les garçons de café, les bougnats étaient descendus en vacances dans leurs familles. Ils retrouvaient le pays, la ferme des parents. C'est avec un plaisir certain qu'ils aidaient aux travaux des champs, à la fenaison.

Les foins étaient au sec dans le fenil à la ferme Paulhac de Cantoin. André avait congé. Il mit ses plus beaux vêtements, décrocha son vélo et descendit au bourg à vive allure. Le soleil était déjà haut dans le ciel et la journée se promettait d'être belle. L'air restait vif sur ce plateau de la Viadène qui s'étend entre sept cents et mille mètres d'altitude. Il négociait ses virages avec adresse. Il freina au croisement de la route du Quié, regarda à droite puis à gauche si la belle cavalière était dans les parages.

- Ni cavalière, ni jument Elisabeth, se dit-il, déçu.

Une lueur éclaira son cerveau. Pourquoi avait-il envie de la revoir, de lui parler ? Etait-il tombé amoureux de cette jeune fille ?

Dans le bourg, il tourna dans la rue principale, accouda sa bicyclette à la devanture du magasin Casino, entra en habitué par le porche de la cour, toujours grand ouvert. Il attendit, siffla entre ses doigts :

- Hep ! Pierre !

Celui-ci sortit aussitôt :

- Salut ! Alors, les foins sont au sec, tu as mis ta tenue de congé !

- Viens, je t'invite à boire un café !

- Oui, mais avant, je dois débarrasser les emballages vides, rempoter certains rayons. C'est l'affluence au magasin, les vacanciers sont là et le père est en tournée avec sa camionnette sur le haut du plateau : Graissac, Vitrac, La Terrisse.

- Je vais t'aider, il n'y en a pas pour longtemps !

En un quart d'heure, les rayons furent rempotés, les emballages vides évacués dans la cour.

- Prends ton vélo, on va faire un tour.

Ils se rendirent d'abord au café. En sirotant leur breuvage, André laissant transparaître son émotion, confia à voix basse à son ami :

- J'ai envie d'aller faire un tour sur la route de Bénaven, du côté de Beauregard.

- Oui, pourquoi pas ? Le paysage est joli avec le soleil et la vue sur les gorges de la Truyère sera magnifique.

- En fait, j'ai envie de voir la petite Clara, tu sais la fille Guidicelli !

- Oh ! Amoureux ?

- Je ne sais pas. Depuis que je l'ai croisée sur sa jument, j'y pense tout le temps. La nuit je me réveille et je vois ses longues boucles brunes, son visage régulier et ce sourire… d'ange !

- Fais attention ! C'est une sauvageonne comme son frère et toute sa famille.

- Je l'apprivoiserai… Elle est très jeune et ne pense pas encore à choisir un amoureux. J'ai envie d'essayer. Je sais que ce sera long, peut-être… Elle est tellement superbe ! Tu as vu cette allure, cette démarche ; tout, chez elle, me charme à me rendre dingue ! Et ce regard perçant, et ses longs cheveux soyeux !

- Oui ! Et sa taille fine, et ses jolis petits seins qui pointent sous le pull !

- Elle est magnifique !

- Mais, sauvage ! C'est un pari fou, un défi que tu lances au ciel ! Tu ferais mieux de renoncer !

- Ecoute, si on la rencontre, je suis obligé d'essayer… de l'amadouer, de la séduire. Tu me laisseras seul avec elle ! D'accord ?

- Sans problème ! Je continuerai mon tour de vélo ; je t'attendrai plus loin.

Dix minutes plus tard, ils s'arrêtaient en surplomb de la ferme de Beauregard. D'un seul coup d'œil, on voyait le bâtiment principal, une haute bâtisse de pierres de taille gris-clair et parfois plus foncées, presque noires, à un étage, avec à son angle une forte tour carrée au clocher pointu orné d'une girouette et d'un paratonnerre à son sommet. Les bâtiments annexes, étables, écuries, granges, se distribuaient autour d'une vaste cour pavée. Les toits de lauzes claires aux reflets verdâtres anoblissaient l'ensemble. Un chemin de terre assez large serpentait à travers les pâtures en descendant de la route principale vers une entrée majestueuse à la barrière toujours ouverte.

Les deux garçons posèrent leurs vélos, escaladèrent un tertre herbeux comme pour mieux dominer ce « castelou » qui se découpait sur un paysage immense. Au loin, on devinait les hautes falaises calcaires des gorges de la Truyère. Elles limitaient en bas le grand domaine de Beauregard.

Soudain, une silhouette de femme sortit par la porte de la tour. A sa démarche légère, ils devinèrent tout de suite la silhouette de Clara. Les bottes, le pantalon de cheval et la veste cintrée sur sa taille fine lui donnaient une fière allure, encore inconnue des deux garçons. Sa jument la sentit et s'approcha des barbelés du clos en s'ébrouant. Clara l'emmena près des écuries où elle la sella, lui passa le mors, puis l'enjamba. Elle fit le tour de la cour au trot, sortit par le portail et s'engagea sur la route qui montait vers eux.

- Elle arrive ! Laisse-moi… Je tente ma chance !

André était ravi. Il avait l'impression d'avoir rendez-vous avec un destin fabuleux !

- Allez, bonne chance… Apprivoise-la, si tu peux, fit Pierre avec un sourire moqueur.

Il sauta sur son vélo et disparut dans la descente vers le torrent de Bénaven.

Clara montait au trot sur sa magnifique jument. André observait avec délice chaque mouvement du cheval et de sa cavalière. Il admirait le va-et-vient des hanches qui paraissait vouloir aider l'animal à monter cette forte pente. Elle arriva à la hauteur du tertre et aperçut le jeune homme qui s'était dressé grand et beau dans le ciel d'azur. Clara stoppa son cheval :

- Tiens ! Monsieur Paulhac ! Que faites-vous dans les parages ? On espionne le domaine des « Italiens » ?

Le ton était enjoué. Un sourire ambigu accompagna cette phrase et deux magnifiques fossettes se creusèrent sur ses joues que le vent vif avait rosies. André admira sa carnation de brune, cette peau épaisse, hâlée, ce regard noir dans lequel le feu de la vie flambait. Son cœur battait. Hier encore, il n'aurait pas osé espérer une telle rencontre.

- J'admire le paysage. Quelle beauté ! Ces vertes pâtures, ce castelou et sa tour ! C'est magnifique ! La fenaison se termine ?

- Mon père et mon frère sont partis pour engranger les derniers charrois à la ferme du Quié. Ce soir ce sera fini ! Je vais les ravitailler ; ils mangeront sur place.

- Pour tout dire, j'espérais te rencontrer !

- Et, bien voilà, la rencontre a eu lieu !

- Pour te demander de te revoir !

- Oh la ! la ! Tu perds ton temps ! Je ne suis pas une fille à marier ! C'est non, ce sera toujours non ! Au diable le mariage, les gosses et tout le tintouin !

Elle partit au galop…

Il la regarda jusqu'à ce qu'elle disparaisse au sommet de la côte.

André lui avait parlé ! Elle n'était pas facile, mais pas trop sauvageonne, se dit-il. « On pouvait dialoguer avec elle ». Elle n'était pas à marier, c'était certain, il s'en doutait ; elle le deviendrait… Elle changerait d'avis le moment venu. C'était une fille solide qui ne se laissait pas impressionner par le premier soupirant, une vraie fille de paysan du Rouergue, hardie et franche. Il avait apprécié cet aspect de sa personnalité. Ce serait difficile de conquérir ce cœur de pierre. Pas impossible non plus : des failles, des faiblesses devaient bien exister dans cette forteresse d'apparence imprenable. Malgré ses airs de femme décidée, elle était bien jeune encore. Quel âge ? Il compta sur ses doigts : Quinze ans ! En effet, pas encore à marier ! Le chemin serait long mais il était tout tracé… Dans quatre ou cinq ans, peut-être plus, il était sûr de venir à bout de ses réticences ! Quand une jeune fille dépasse ses vingt ans, elle est pressée de se marier...

Il enfourcha sa bicyclette, dévala en quelques minutes la pente et retrouva Pierre sur le pont du torrent de Benaven.

- Alors ?

- J'ai pu lui parler. C'est en route… pour plus tard !

Il n'avait pas envie de se confier. Pierre le comprit.

- Tu entends comme ce torrent est vif comme l'eau est abondante ; ce doit être rempli de truites !

- Le ravin est profond et touffu. Tu vois tous ces genêts, ses lianes et ses ronces ! Ce n'est pas facile d'y descendre ! On ne voit pas le fond.

- C'est possible, en se frayant un sentier et en s'agrippant aux arbustes ! Entends-tu chanter le ruisseau ? Il n'est pas si loin ! Il faudra qu'on y vienne braconner !

- Bonne idée ! Au fond de ce ravin, la maréchaussée ne descendra jamais. Nous serons tranquilles pour y explorer tous les trous sous les roches et les pierres en attrapant les truites à la main.

André s'endormait chaque soir en rêvant à sa difficile conquête. Il tenta de sympathiser avec son frère Alberto. Ils se rencontraient au café, jouaient ensemble au baby-foot. Dès qu'il s'agissait de sa sœur, Alberto se fermait. Il était impossible d'approcher Clara en utilisant son frère comme cheval de Troie.

Le plus urgent était d'attendre. Elle avait raison, l'un comme l'autre étaient trop jeunes. Pourtant à seize ans, puis à dix-sept ans, ses allures de femme décidée et charmante en s'affirmant, étaient de plus en plus évidentes, de plus en plus omniprésentes dans la tête d'André.

Le quatorze juillet 1938.

Les Français étaient inquiets. Le « chancelier » Hitler après avoir annexé l'Autriche le douze mars 1938, réclamait à corps et à cris les Sudètes. Le gouvernement Daladier s'était enfin décidé à réarmer la France et à renforcer la ligne Maginot. On avait peur d'une nouvelle guerre. La paix pouvait-elle être sauvée ?

L'incertitude du lendemain fut une raison de plus pour fêter le quatorze juillet dans la cohésion nationale et la joie.

La veille, le treize, était une très belle journée d'été. Depuis le lever du jour, les paysans s'étaient activés à la fenaison. Dans le haut du canton, à neuf cents ou mille mètres d'altitude, on finissait le fauchage et la mise en gerbes, tandis que plus bas à sept cents ou huit cents mètres, on rentrait le foin séché.

Un vent frais rafraîchissait les faneurs et leurs aides : chevaux ou bœufs selon les fermes. La plupart s'arrêteraient de bonne heure vers quinze ou seize heures pour ne pas manquer la fête, profiter de la retraite aux flambeaux et du bal musette dans la grande salle de la mairie.

Dès vingt heures, vingt heures trente, on vit arriver sur la place du village des groupes plus ou moins importants en provenance de chaque commune, de chaque hameau. Les hommes avaient mis leurs plus beaux pantalons, leurs plus belles chemises, les femmes leurs plus belles robes. On s'observait, on se saluait, on se congratulait. Après avoir manifesté la joie de se retrouver, le ton baissait et chacun manifestait son inquiétude :

- L'Allemagne a envie de prendre sa revanche, pouvait-on entendre.

- Ce chancelier Hitler est bien agressif, exigeant jusqu'à l'arrogance !

- Et, nous sommes mollassons, on tarde à se réarmer.

- Si nous sommes faibles, ils nous envahiront encore une fois.

- La ligne Maginot paraît solide !

- Les Allemands travaillent, les Français partent en vacances…

- Le défaitisme et la peur s'emparent du pays…

La famille Paulhac était descendue à pied de Cantoin. Le père, la mère, André et sa petite sœur Martine étaient sur la place dés vingt et une heures.

- Papa, s'il te plait, tu salueras le père Guidicelli…

- Ah ! Pourquoi ? Moi, saluer « l'Italien », un admirateur patenté du Duce ? C'est difficile !

- Regarde, ils sont là-bas !

En effet, à cinquante mètres, du côté de l'hôtel-restaurant Masses, se tenait la famille Guidicelli. Clara avait quitté son pantalon et ses bottes de cheval. Elle était resplendissante dans une robe blanche dont la ceinture rouge soulignait sa taille de guêpe. Elle paraissait grande sur des chaussures à talons-hauts à côté de sa mère. Un rouge à lèvres discret soulignait ses lèvres charnues. Sa chevelure abondante s'étendait jusqu'au milieu de son dos.

Le père Paulhac suivit le regard de son fils.

- Ah ! Je comprends, dit-il soudain. Tu es sûr ? C'est de la folie !

- Je t'en prie, aide-moi ! Romps la glace qui existe entre eux et nous !

- Bon, oui, mais ça ne va pas être facile. Tu as raison, c'est un beau parti et une très belle fille ! Il faut toujours voir plus loin que le bout de son nez et envisager l'avenir avec optimisme !

M. Paulhac réfléchit. Après tout, une telle alliance n'était pas pour lui déplaire. Le domaine de Beauregard était conséquent. Les affaires des Guidicelli tournaient rond. Ils venaient d'acquérir la ferme du Quié et ses dix hectares de pâturage. Il traversa l'espace qui les séparait.

- Depuis que vous avez acquis la ferme du Quié, nous sommes voisins !

- En effet ! De bien mauvaises pâtures qui n'étaient plus entretenues depuis longtemps, où le genêt et la ronce prospéraient !

- Et, oui, je le sais, même qu'ils envahissaient mes prés attenants. Avec vous pour y mettre de l'ordre, je n'aurai plus ce souci !

- Vous pouvez compter sur moi ! J'y ai mis mes gars à la tâche !

Tandis que les pères bavardaient, André avait serré la main d'Alberto, avait embrassé Clara ainsi que sa mère.

La conversation s'engageait :

- Tu es électricien maintenant ?

- J'entre à la compagnie d'électricité de la Bromme et de la Truyère le premier septembre. Et toi ?

Il s'adressait à Alberto.

- J'aide mon père en vue de sa succession.

- Vous travaillez dur !

- Il faut agrandir le domaine pour les générations futures ! Nous devons évoluer, nous moderniser, produire plus de lait, de fromages, de veaux ! Le progrès est là pour nous y aider !

André regardait Clara qui se tenait en retrait à côté de sa mère. Les yeux noirs de la belle semblaient lancer des étincelles de malice.

Mario vantait l'Italie, l'œuvre du Duce qui avait redonné du travail aux chômeurs, avait rendu sa dignité et sa fierté à son pays après la grande crise. Des marchands de bestiaux italiens lui achetaient toute sa production de veaux à un bon prix. Il les avait rencontrés la première fois à la foire de Mur-de-Barrez, et grâce à sa langue d'origine, il avait négocié ses cinquante veaux arrivés à maturité.

- J'avais presque oublié ma langue maternelle. Je ne l'avais pas parlée depuis quinze ans. En cinq minutes, tout m'est revenu ! Au début, je bredouillais en cherchant mes mots… C'est drôle comme la mémoire est faite ; et maintenant je parle couramment avec eux. Je les ai invités à visiter mon élevage pour leur donner confiance sur la qualité de nos veaux qui, comme chez vous, sont élevés sous la mère ! C'est la qualité que mes clients étrangers recherchent !

- Ne trouvez-vous pas inquiétant cette alliance du Duce et du Führer ? Cet Adolf n'est-il pas devenu fou avec ses exigences d'espace vital, ses mesures discriminatoires, etc. ?

- Je ne crois pas. Je crois à une grande alliance des peuples européens, emmenée par l'Allemagne et à laquelle la France devrait s'intégrer.

- Le croyez-vous vraiment ? Ne provoqueront-ils pas une nouvelle guerre en voulant toujours s'étendre ? Après l'Anschluss, ils revendiquent les Sudètes !

- Les Sudètes, ce sont des Allemands !

Le père Paulhac commençait à s'échauffer devant tant de croyance aveugle. Vanter le fascisme, quelle folie ! Heureusement pour André, la fanfare se mit en place. La discussion fut ajournée. Les enfants accompagnés de leur mère brandissaient leurs lampions que des pompiers volontaires en grande tenue et casque sur la tête, rallumaient quand les lumignons s'éteignaient.

La fanfare attaqua une marche militaire et le cortège se mit en route pour entamer le tour du village. Des pétards éclataient de temps en temps. De rares feux de Bengale éclairaient la nuit étoilée. Après un arrêt devant le monument aux morts et l'observation d'une minute de silence, ils revinrent avec la symphonie quarante de Mozart par la rue principale.

Les lampions s'éteignirent. Les musiciens se dispersèrent. Tandis que les petits regagnaient leur logis accompagnés le plus souvent, de leurs grands-parents, la majeure partie de la population se dirigea vers la salle des fêtes de la mairie. Le grand lustre était allumé. Le portrait du Président de la République, Albert Lebrun, trônait au-dessus d'une grande cheminée. Un orchestre, composé d'un accordéoniste, d'un batteur, d'un clarinettiste et d'une chanteuse, se préparait. La salle se remplissait. Les uns s'asseyaient sur des bancs disposés tout autour de la salle, d'autres préféraient rester debout. On venait là pour danser. Une certaine inquiétude se lisait sur les visages. Beaucoup cherchaient dans les réponses de leurs interlocuteurs une raison d'espérer. Les mêmes mots revenaient sur leurs lèvres : Hitler, Mussolini, exigences nouvelles, guerre possible, inévitable, inéluctable…

L'orchestre commença par un tango. C'était la danse à la mode. Les couples se formèrent et dansèrent en cadence. On avait envie de s'amuser, d'oublier cette géopolitique obsédante, les forces en présence et même les théories optimistes qui s'entêtaient à expliquer qu'une nouvelle guerre était impossible. La paix serait sauvée par les peuples qui étaient par nature raisonnables et pacifiques.

Clara s'était assise à l'écart. Ses longues jambes étaient croisées l'une sur l'autre. Elle regardait les premiers couples qui s'étaient lancés sur la piste, rythmant de ses mains, de sa tête, la langoureuse romance. Elle attendait…

André l'aperçut et, sans se précipiter, commença à se rapprocher d'elle, quand un jeune homme inconnu du village, peut-être d'un canton voisin, surgit et lui tendit la main. Elle acquiesça et se lança sur la piste dans les bras de cet étranger ! André fut saisi. Son dépit s'inscrivit sur son visage. Quelques secondes avaient suffi pour contrecarrer son projet. Il s'assit sur le banc, amer et désappointé.

Quand il leva les yeux pour observer l'objet de son désir et l'admirer, il croisa son regard pétillant. Il crut qu'elle se moquait de lui et paraissait lui dire :

- Tu t'es fait coiffer sur le poteau !

André lui sourit comme un bon joueur qui a perdu une manche et gagnera la revanche.

Pierre tenta de l'arracher à son immobilité. Il aperçut Clara, ses jambes fines, son jupon qui volait…

- Tu as vu comme elle danse bien, son aisance, son charme. Quelle grâce ! Je comprends que tu sois accroché !

André serrait les poings.

- Tu le connais ce type ? Le danseur ?

- Oui, je le reconnais ! Il est en vacances chez son oncle, les hobereaux de Cantoinet. Il est serveur ou garçon de café dans la brasserie de ses parents, Porte des Lilas à Paris…

- Dangereux alors ! Clara n'a pas envie d'épouser un fils de paysan. Elle veut partir, habiter ailleurs, peut-être émigrer comme son père… Paris lui conviendrait.

- Tu crois ? Et sa jument ?

- Passe-temps de jeune fille. Son père la lui a donnée pour la garder près de lui. Elle en a assez des cancans, du qu'en-dira-t-on et d'être appelée sur un ton méprisant « la fille de l'Italien ».

- C'est compréhensible. Elle étouffe ici !

Une valse succéda au tango. Son danseur ne la quittait plus. Il la serrait contre lui, la renversait, la faisait virevolter. Tout dans les attitudes de Clara, son sourire, son empressement, montrait qu'elle vivait un grand moment de bonheur. De plus, elle semblait narguer les garçons du pays qui ne la quittaient pas des yeux, en affichant une sérénité et une confiance dans l'avenir, incroyable comme intemporelle.

- Tu savais qu'elle dansait si bien ?

- C'est la première fois que je la vois danser. Quelle aisance !

- Bon, je n'ai plus rien à faire ici ; je t'offre un verre, fit André, désabusé.

Ils sortirent, traversèrent la rue et entrèrent dans leur taverne favorite. Un terrible brouhaha les assaillit. La fumée des cigarettes rendait l'atmosphère irrespirable, leur piquait les yeux. Ils s'attablèrent dans un coin à l'écart pour examiner en détail cette foule et commandèrent deux petits blancs à la serveuse.

La plupart des gens leur étaient connus. Quelques têtes nouvelles les étonnaient : des vacanciers, des jeunes gens, parisiens, fils de bougnats, garçons de café, s'étaient découverts une tante, une grand-mère et renouaient avec le pays de leurs ancêtres. Dans la cohue parisienne, ils les avaient souvent oubliées. Cette foule s'écarta ; les deux complices découvrirent Madeleine. Assise le long du comptoir sur un tabouret haut, son regard parcourait l'assistance à la recherche d'une connaissance, peut-être d'une conquête. Ses jambes croisées l'une sur l'autre relevait sa jupe et découvrait une cuisse abondante, bien membrée. Elle fumait des cigarettes américaines dispendieuses. Son bras levé portait la cigarette à la bouche dans un geste qu'elle croyait plein d'élégance. Après avoir aspiré, elle recrachait la fumée sans l'avaler dans une moue comique. Elle semblait jouer un rôle. Tout chez elle attirait l'attention : Sa chevelure blonde, son regard d'un bleu étrange, cette jupe noire très courte, ses cuisses charnues qu'elle offrait à l'encan, sa taille fine et le corsage blanc classique comme par contraste avec l'ensemble.

- Tu as vu cette femme là-bas au comptoir ! Elle en jette…

- C'est Madeleine. Elle vit avec sa vieille mère dans la jolie maison près de l'Argence à la sortie du bourg sur la route d'Espalion. Tu sais, sa mère est toute bossue…

- Tu la connais ?

- Oui, elle fait ses courses au magasin. Je les livre de temps en temps avec ma carriole. Elles sont nouvelles ici. Elles sont arrivées, il y a six mois environ, peut-être un an. Ce sont des Parisiennes, dit-on. La mère a pris sa retraite et sa fille l'a suivie.

- Ah ! J'y suis ! J'ai entendu parler d'elles ! C'est elle qui vit de ses charmes ? J'y suis…

Un court instant de silence suivit. André réfléchissait. Il reprit :

- J'en ai marre d'être puceau… Je dois me délurer pour être un homme et conquérir Clara…

- Alors ?

- Je crois que c'est ce soir ! Je le sens ! Et puis c'est la fête !

- Fais gaffe ! On dit qu'elle en a plombé plus d'un !

- Comment tu sais tout ça, toi ?

- Au magasin, on sait tout, sans rien demander !

- Je m'en fous ; elle doit avoir des capotes ? Sinon, je réveille le pharmacien ! C'est une urgence absolue…

André traversa la salle sous les yeux médusés de son ami. « Quelle mouche l'avait donc piqué ? Comment pouvait-il oser, à la vue de tout le monde dans le café le plus fréquenté de leur village ? » Se disait son camarade. Il s'appuya d'un air viril au tabouret laissé libre à côté d'elle. La négociation parut facile. Quelques mots échangés de part et d'autre, des sourires connivents et l'affaire fut entendue… Ils partirent à grands pas. Une traction cabriolet attendait dans la rue adjacente.

- Putain ! La bagnole…

- Allez, monte ! Je t'emmène… Un beau soir comme celui-ci, je suppose que tu préfères la nature.

Elle prit la route d'Espalion et, à la sortie du bourg, s'engagea dans un large chemin de terre qui tournait autour d'un tertre rocheux et ressortait un peu plus loin sur la route déserte.

- Ici, c'est tranquille, et on peut voir arriver les phares de la maréchaussée.

D'un geste adroit, elle enleva une culotte noire à dentelles qu'elle fit tournoyer en l'air comme un trophée, se pencha vers la boîte à gants, côté passager pour en extraire un préservatif, déchira son enveloppe et le tendit à son client :

- Tiens, mets-toi ça ! C'est plus prudent ! Il faut toujours prendre ses précautions. Je ne veux pas d'histoires !

Il l'ajusta dans la pénombre. Elle s'appuya debout contre la voiture les jambes écartées, et dirigea le membre gonflé et turgescent.

- Toi, tu en as besoin ! C'est la première fois ?

- Oui !

- Alors doucement ! Les débutants sont toujours trop pressés !

Quelques minutes après, elle ramenait son client au centre du village. Elle entra la première dans la taverne et reprit sa place près du bar.

André attendit un peu ; il soufflait ; il transpirait ; il avait chaud ; puis, il alla retrouver Pierre qui sirotait une crème de cassis.

- Déjà !

- C'est fait ! Je suis déniaisé !

- Cher ?

- Même pas ! Vas-y ! Il n'y a pas de raison… On sera encore plus copain ! Allez, c'est ton tour ! Insista-t-il…

- Tu crois ? Et, les maladies ?

- Elle a des capotes dans sa boite à gants.

Pierre montrait ses réticences par des mimiques qui désiraient être comiques

- Tu veux que je te prête des sous ? fit André en riant.

- J'en ai ! Allez ! Je me décide ; c'est mon tour !

En voyant Pierre approcher, elle lui sourit d'un air entendu :

- C'est le tour du copain ! Mais… c'est le petit livreur ! Au moins, tes pourboires vont te servir à quelque chose ! Pas besoin de grands discours, même chose, même tarif ! On y va !

Il n'avait pas ouvert la bouche qu'il se retrouvait dans le cabriolet.

- C'est aussi la première fois ?

Il répondit un oui timide, inaudible.

- Deux puceaux dans la même soirée, ça porte bonheur, dit-elle en riant. T'auras bien un autre copain pour faire le troisième.

- Sais-pas !

- Ceux de votre âge, ils sont déjà bien délurés. Je les connais tes copains de la classe du certif. C'est le cru mille neuf cent trente-quatre, je crois ! Je savais bien que vous y passeriez, un jour, vous, les deux retardataires, un peu réservés ! Tu vas être un homme après cette épreuve initiatique… indispensable à ton éducation !

Elle rit à gorge déployée tandis qu'il se demandait pourquoi elle riait tant ! Cette introduction le mit à l'aise. Le tabou se banalisait…

L'affaire fut négociée et le service rendu avec la même compétence, la même célérité que précédemment. Les deux amis se retrouvèrent à la même table quelques instants plus tard. Ils quittèrent la taverne tout étourdis et revinrent au bal.

Clara, en nage, tournoyait toujours. Son danseur, à l'aise, arborait un large sourire de satisfaction ; il paraissait vouloir l'épuiser...

André et Pierre s'approchèrent du grand Marcel Rigal qui discutait avec deux amis :

- Je suis vacher chez « l'Italien ». Il possède une montagne sur l'Aubrac, pour sûr, une cinquantaine d'hectares de bonne herbe, bien grasse, en bordure du torrent de Nasbinal. Je me suis loué jusqu'au quinze octobre. C'est dur ! Pas le travail ; heureusement, il ne manque pas : surveiller les animaux, les soigner, traire les vaches, une bonne cinquantaine, faire le fromage, la tome et le cantal ! Ce qui est dur, c'est la solitude dans ce buron en pleine montagne, sans électricité, avec pour seule compagnie un chien de berger ! Pas de nouvelle, personne à qui parler ! La femme du patron me monte le ravitaillement dans leur B quatorze Citroën. Elle reprend le fromage arrivé à terme pour le laisser en passant à la coopérative de Laguiole. Quel ennui ! La déprime me guettait… J'ai demandé une semaine de relève pour venir à la fête. Leur vacher me remplace. Qu'ils sont durs ces ritals avec leurs garçons de ferme ! Un peu chien avec ça ! Juste le tarif ! Jamais de bonus… Bon, je ne veux pas médire, avec le père, on est bien contents d'avoir du travail. Il y a encore cinq petits à nourrir à la maison et on ne sait jamais si la mère ne va pas nous en pondre un autre, l'année prochaine.

André reprit son poste d'observation, assis à l'écart ; Pierre était debout à son côté. La musique s'arrêta. La chanteuse annonça dix minutes d'entracte. Clara en profita pour se dégager et regagna sa place sur son banc. Elle soufflait en essayant de s'éventer avec un carton, fouilla dans son sac à la recherche d'une petite bouteille d'eau et se désaltéra. La sueur coulait de ses tempes. Ses joues de brune étaient rouges comme deux magnifiques pommes d'api. Son regard parcourut la salle. André lui sourit en pensant :

- Tu as très bien dansé !

Elle lui rendit son sourire et hocha la tête de haut en bas pour l'inviter. André fut si surpris qu'il montra sa poitrine avec son index en prononçant :

- Moi ?

Son regard était interrogateur. Elle acquiesça de nouveau. Il s'approcha et demanda s'il pouvait s'asseoir à son côté.

- Oui, bien sûr, dit-elle.

Son visage souriait. Tandis que le cœur d'André battait la chamade, une grande lueur d'espoir inonda son cerveau… Il avait approché son rêve : la fille qui ne quittait jamais ses pensées de jour comme de nuit, au travail comme au repos. C'était trop beau. Il avait envie de se pincer pour constater qu'il n'était pas endormi. Une petite lumière s'allumait dans le fond de lui-même et lui disait :

- Attention ! Sois prudent ! Pas de précipitation !

Il osa demander :

- La prochaine danse est pour moi ?

- Oui, mais avant, je souffle un peu ! Il m'a crevée le Parisien ! C'est un bon danseur, mais il a fini par me gonfler !

- Je n'ai jamais beaucoup dansé. Je ne voudrai pas te décevoir.

- Je te guiderai. Tu n'auras qu'à te laisser aller en cadence.

André n'en croyait pas ses yeux. Il danserait dans les bras de Clara, le jour de la fête nationale 1938 !

L'orchestre reprit. Clara se leva au premier pas du tango. Elle tendit les bras à André. Ils s'accordèrent dans l'instant comme s'ils avaient déjà dansé ensemble et se balancèrent en cadence exactement dans le rythme de la musique. Les tangos et les valses se succédèrent. André était en confiance. Il n'enlaçait pas trop sa danseuse pour ne pas l'importuner. Minuit sonna au clocher de l'église toute proche.

- C'est l'heure de rentrer, dit-elle.

Elle se dirigea vers son frère en grande discussion avec des amis :

- J'ai envie de rentrer. Tu me raccompagnes ?

- Je suis avec des copains… Demande à André ! C'est un homme de confiance.

Clara haussa les épaules.

- Ah ! Ce frère quand j'ai besoin de lui, il n'est jamais là ! Viens, dit-elle.

André était heureux. Il n'aurait jamais imaginé avoir une telle chance le même jour : Danser avec sa mie et la raccompagner chez elle dans la nuit étoilée d'un soir d'été ! Au moins quatre kilomètres séparaient le bourg du Castelou de Beauregard. La nuit était belle et fraîche. La pleine lune éclairait la route sinueuse, pleine d'ombres inattendues et étranges. Des étoiles scintillaient dans un ciel sans nuage. Ils cheminèrent en silence jusqu'à la sortie du village. André était impressionné et décidé à pousser son avantage. Il s'imaginait la prendre par la taille et lui demander un baiser.

Les lumières du bourg étaient derrière eux. Le paysage sous la lune était différent, étonnant, plein de mystères. Des aboiements de chiens dans le lointain, des cris de bêtes aux abois comme des appels au secours, s'entendaient dans la nuit. La nature exhalait des parfums d'aubépine en fleurs et de terre mouillée. Clara sourit. Elle n'avait pas peur. Sa robe blanche resplendissait sous la lumière blafarde de la lune. Leurs yeux se croisèrent… Son regard étrange et mystérieux semblait envoyer des ondes lumineuses vers le cœur d'André. Précieuse intimité ! Depuis qu'ils avaient quitté le bourg, il vivait dans un rêve fantastique. Des impressions délicieuses et extraordinaires fluaient et refluaient dans son être comme s'il était entré dans un Eden inconnu. Jamais plus de sa vie, il n'atteindrait une volupté aussi raffinée, un épisode poétique d'une telle acuité sauf, si jamais un jour, elle lui disait : Oui ! Alors, ce serait l'extase initiale, le début d'un monde de délices inouïs ! La réalité de la jeune fille innocente présente à ses côtés se diluait dans son rêve éveillé. Il ne voyait en elle qu'une fleur fragile, un brin de muguet s'inclinant avec charme, agitant ses fines clochettes blanches à la brise légère de cette chaude nuit d'été. Il lui prit la main et elle la laissa dans la sienne. Cette petite main fraiche et douce qu'il étreignait pour la première fois dans l'obscurité, était pour lui une promesse d'amour, un pas décisif. Il lui parut qu'un amour réciproque se communiquait par ce lien…

Il se dit qu'il devait rompre ce silence merveilleux, se réveiller de son rêve poétique pour entrer dans la prosaïque réalité. Il lui parla de son collège technique d'Aurillac, de l'usine d'électricité du Brézou qu'il avait visitée et qu'il intégrerait bientôt. Elle écoutait, polie, hochant la tête, souriante. Il tenta de la prendre par la taille, l'embrassa sur la joue. Elle lâcha sa main et s'écarta vivement :

- Je t'en prie, je n'ai pas envie de flirter. Ce serait malhonnête de ma part de te laisser entrevoir une quelconque idylle entre nous. Je ne veux pas tomber amoureuse, encore moins me marier. Tu es un copain de mon frère, alors soyons amis, et seulement amis...

Un silence gêné suivit.

- Tu as bien compris, insista-t-elle.

Fini le rêve ! La réalité venait de sonner. Elle était sévère, impitoyable ! André était déçu. Si seulement elle lui laissait une petite parcelle d'espoir, une vague promesse, un gage ! Il les garderait au fond de son cœur pour s'en nourrir et conforter son attente… Il était sous le joug d'un être capricieux, réaliste et sublime… Certes il avait été prévenu. C'était une sauvageonne, une fille différente des autres. Il devait attendre qu'elle mûrisse et qu'elle change d'avis. Il attendrait !

- J'aimerais te revoir un jour… bientôt.

- Si nous nous rencontrons par hasard, je m'arrêterais pour te parler. Si c'est un rendez-vous que tu veux, je te dis non ! Ce n'est pas la peine ! Tu ne me feras pas changer d'avis ! Je n'ai pas envie d'épouser un garçon du pays qui fera de moi une fermière, une paysanne. J'ai obtenu de mon père d'entrer au collège d'Aurillac pour y apprendre la comptabilité et la dactylographie. Il m'a fait perdre mon temps pendant un an à l'école ménagère d'Espalion ! J'en ai assez de cette campagne. J'irai ailleurs, à Paris peut-être… Je ne veux plus être « la fille de l'Italien ». Cette atmosphère de chef-lieu de canton me pèse ! J'épouserai un étranger, c'est-à-dire quelqu'un qui m'éloignera de ce pays… plus tard, quand le moment sera venu…

Ils étaient arrivés au début du domaine de Beauregard.

- Tu peux me laisser ici. Je connais le chemin et ce n'est pas la peine que tu descendes la pente. Quittons-nous bons amis !

Elle s'approcha d'André, face à lui, se souleva sur la pointe des pieds et mit sa joue droite à proximité des lèvres de son ami.

Ils s'embrassèrent et se quittèrent en se faisant signe de la main…

DEUXIEME PARTIE :

LA DEFAITE

Octobre 1938.

Un événement extraordinaire survint le premier dimanche d'octobre 1938. L'équipe de foot de Sainte Geneviève battit sur son terrain et, pour la première fois de l'histoire sportive du club, celle de Mur-de-Barrez. Le score était de trois à zéro. Ce fait était si exceptionnel que le président du club, M. Masses, patron de l'hôtel-restaurant de la place, invita tout le monde, les gagnants comme les perdants, au verre de l'amitié dans son établissement. Il n'était pas dans les mœurs des clubs de foot de régaler l'adversaire pour plusieurs raisons : les finances des associations étaient toujours déficitaires, mais surtout, on risquait de régler des comptes dont on n'avait pas pu s'acquitter sur le terrain sous l'œil vigilant de l'arbitre.

Les conversations s'agitèrent dès que le premier bock fut avalé. Cette victoire inattendue enthousiasmait M. Masses :

- Si l'équipe continue ainsi, la montée en troisième division me paraît fort possible.

« Sainte Geneviève » applaudit ce commentaire optimiste tandis que « Mur » sifflait et riait comme s'il s'agissait d'une fanfaronnade.

- Des nains en troisième division ! Impossible, entendait-on dans leurs rangs.

- C'est à mourir de rire !

M. Masses lança la seconde tournée :

- Je récompense mes champions et leurs adversaires qui se sont inclinés avec panache devant l'insolente supériorité de notre équipe !

De nouveau hou… hou… fusèrent tandis que d'autres applaudissaient.

Le grand Marcel Rigal se leva :

- Savez-vous qu'à Munich s'est déroulé un évènement bien plus important que le résultat de notre match !

- On s'en fout, entendit-on.

Il en fallait plus pour impressionner le grand Marcel. Il continua :

- Cet événement nous concerne tous. La paix a été sauvée. Chamberlain et Daladier ont signé un accord avec Hitler et Mussolini.

- Reculade !

- Concessions inadmissibles !

- Bon les gars, pour l'instant, nous ne partirons pas à la guerre…

Les conversations reprirent par groupes de quatre ou cinq dans un brouhaha total ; les uns exprimaient leur soulagement, les autres leur méfiance dans l'Allemagne et l'Italie ainsi que leurs doutes dans le gouvernement Daladier, qualifié de faible et peu enclin à prendre des mesures suffisantes pour réarmer la France.

Le grand Marcel prophétisa :

- De toutes façons, les peuples européens : britanniques, allemands, français, italiens, emmenés par celui de l'Union Soviétique, n'admettront jamais une nouvelle guerre aussi meurtrière que la dernière. Voyez le monument aux morts, trente noms y sont inscrits. Plus de la moitié des combattants, ouvriers et paysans, sont morts au front. Nous n'admettrons jamais que ça puisse recommencer ! Vive l'internationale des ouvriers et des paysans, seule garante de la paix !

Des sifflets mêlés de rigolades et d'applaudissements ponctuèrent cette envolée lyrique. On entendit crier André :

- Rêve toujours ! Il n'est pas interdit de rêver d'un monde meilleur ! Mais hélas…

- Il serait étonnant qu'Hitler et Mussolini entendent ce genre de discours, eux qui ne songent qu'à la domination de l'Europe ! Ajouta Pierre.

D'interminables discussions sportives ou politiques suivirent et vint l'heure de se séparer et de rentrer chez soi. Ils se serrèrent la main en se promettant d'autres beaux matchs. Ceux de « Mur » leur promirent une belle revanche.

Pierre, en marchant d'un pas alerte dans la rue, souriait. Il songeait à Marcel qui croyait avoir des idées contestataires, originales et révolutionnaires et n'était dans la réalité qu'un gobe-mouche qui répétait comme un militant stupide les mots d'ordre d'un parti. Cette pseudo science marxiste dissimulait un discours borné par des décisions politiques prises en haut lieu, et qui le dépassaient.

Plus que tout, il aimait et appréciait ce personnage fort en gueule, courageux et chaleureux qui se battait pour gagner son pain et aider sa famille à vivre dans la décence… Son discours était une sorte de baume destiné à alléger le fardeau de sa vie de paria…

La mobilisation générale.

André ne se décourageait pas. Après sa journée de travail comme électricien à la centrale du Brézou, avant de remonter chez ses parents à Cantoin, il descendait vers son observatoire de la ferme de Beauregard. Après ses huit heures passées dans l'usine souterraine, il appréciait ce paysage verdoyant sur lequel se découpaient au fond les falaises calcaires des gorges de la Truyère. Le calme des lieux lui communiquait sa sérénité. L'air pur, en le pénétrant, oxygénait son corps et son âme. Il savourait en silence ces quelques instants de détente. Il apercevait parfois la belle cavalière. Elle sellait sa jument dans la cour. Ses gestes impétueux et la torsion magnifique de sa taille fine quand elle passait la sangle de cuir sous le ventre de l'animal, donnaient à cette silhouette lointaine un charme fou et une volupté infernale pour notre observateur. Allait-elle monter vers lui ? Son cœur battait à se rompre. Pourrait-il lui parler ? Quelques minutes d'attente pleine d'espoir s'écoulaient ; elle s'élançait vers le bas pour une cavalcade dans la vaste forêt paternelle de Chante-Grenouille. Il la regardait disparaître sous les halliers avec cette élégance singulière digne des amazones antiques. Quelle était sa déception ! Il s'imaginait qu'elle le devinait perché sur son tertre ; pour mieux lui échapper, elle préférait le chemin du bas.

Il avait encore dansé avec elle au bal du quatorze juillet 1939. André appréciait la chance de ces quelques moments passés à la tenir dans ses bras. Il sentait son corps virevolter, se cambrer, se rapprocher et s'éloigner. C'était comme un jeu auquel la belle se prêtait avec une complicité non dénuée d'une certaine frivolité. Plusieurs fois ses petits seins ronds l'effleurèrent et c'était comme si un courant électrique traversait son corps. Il sentait ces vibrations l'agiter avec délice et se prolonger dans ses plus tendres confins.

Quand la danse cessait, elle manifestait son désir de reprendre ses distances par un regard hautain et fier. Elle riait d'un air entendu à toutes les avances et demandes de rendez-vous en hochant la tête de droite à gauche pour éviter de dire ce mot fatidique pour André :

Non ! Alors, comme pour le consoler, ses lèvres fraîches, ardentes et douces lui donnaient deux voluptueux baisers sur la joue et, elle se sauvait vite pour se réfugier près de son père comme si André était le diable en personne.

L'amoureux revenait de ces moments inoubliables comme groggy, à la fois plein d'espoir et de doute. Pendant des jours et des nuits, il ruminait inlassablement les doux instants de rapprochements avec son idole. Puis, passant du plus grand espoir au plus grand désespoir, il se souvenait de son discours final, de ses mots, et surtout de celui qui l'anéantissait, toujours le même : Non !

Pierre tentait de ramener son ami à la raison :

- Renonce, elle ambitionne un autre destin ! Il y a plein d'autres filles qui te regardent et qui voudraient bien que tu fasses le premier pas !

- C'est Clara qui m'obsède ! A ton avis, à quel destin pense-t-elle ?

- Que sais-je ? Un Parisien, un riche étranger, un cousin italien, le fils du marchand de bestiaux en affaires avec son père !

- On dit que Mario n'a plus de relation avec sa famille d'Italie… Il n'y est jamais retourné.

- C'est loin ; il y a le courrier. Sa froideur doit être motivée par un autre projet.

- Quand elle verra que tous ses rêves ne sont pas réalisables, que les années passent, elle me reviendra. Je dois être patient et nous partirons vers Paris ou vers une autre destination qui lui sera agréable.

- Tu es fou ! Renonce ! Tu vas gâcher ta vie avec de telles idées dans la tête. Il n'y a pas qu'elle ! C'est une sauvageonne, je te dis !

- Tu as raison ; je le sais ! Cette fille est mon idéal ! Je l'ai dans la peau, dans mon cœur, dans mon sang !

Le deux septembre 1939, une affiche à en-tête de la République Française était placardée devant la mairie. Elle attirait les passants qui se massaient devant elle et provoquait un attroupement.

- C'est la guerre, entendait-on.

- La mobilisation n'est pas la guerre, disait un optimiste.

- C'est pour faire peur à Hitler !

- Malheureusement, il la veut cette guerre ! Il a envahi le couloir de Dantzig pour la provoquer…

- Les Allemands désirent prendre leur revanche sur leur défaite de 1918 et récupérer l'Alsace-Lorraine.

- Quel malheur quand on se souvient de l'hécatombe de la dernière !

André rentrait de son travail. Il pédalait ferme pour aider son père à faucher le regain. Il s'arrêta, subjugué par l'attroupement devant l'affiche ornée des trois couleurs bleu, blanc, rouge, dans l'angle gauche. Il lut. Les bras lui en tombèrent... Il relut, ne voulant pas le croire ! Il était scié à la base. Plus de jambes, plus de cœur à l'ouvrage, plus d'espoir !

- C'est la guerre, fit-il à voix haute.

- Eh ! Oui, jeune homme, on est au pied du mur. Aucune reculade n'est possible, s'exclama un ancien.

André traversa la route, son vélo à la main. Il l'adossa contre le mur du café de la place. Découragé, les bras ballants, il entra. Le regain attendrait. Il avait besoin d'un remontant. Une radio chantait à tue-tête : « Le soleil a rendez-vous avec la lune » une nouvelle chanson de Charles Trenet qui commençait à être connue, même dans ces montagnes loin des grandes agglomérations. Marcel Rigal était au comptoir.

- Salut ! Je te remets une tournée ? dit André.

- Avec plaisir !

- Un autre demi ! Pour moi, ce sera un cognac… Tu as vu l'affiche…

- Fallait s'y attendre ! Ils la voulaient pour faire tourner leurs usines d'armement !

Une jolie serveuse s'affairait derrière le comptoir. C'était une blondinette au regard clair, à l'œil vif. Ses cheveux blonds, coupés court lui donnaient un air hardi de garçon manqué. Sa jupe noire sous le tablier blanc était bien remplie. Quand elle se retournait, son balancement de hanches ne manquait pas de charme. André avait l'impression de l'avoir déjà vue quelque part. Ce ne pouvait être qu'une fille du pays. Il la tutoya d'emblée :

- Comment t'appelles-tu ? Il me semble te connaître.

- Laurence.

- Tu es la sœur de Jacques et Jean Cruvelliers. Ce sont des copains de la communale !

- Je sais. Toi, tu es un fils Paulhac de Cantoin.

- Comme le temps passe ! Je t'ai connue portant un lampion au défilé du quatorze juillet !

- Depuis de l'eau est passée sous le pont de l'Argence !

- Quel âge as-tu maintenant ?

- Dix-sept ans.

- Tu es contente de travailler ici ?

- Oui… Surtout quand les clients me laissent un pourboire ! La paye n'est pas énorme ! dit-elle à voix basse en clignant discrètement de l'œil.

Elle mit son index sur ses lèvres :

- Chut ! On pourrait m'entendre…

- Compris ! Je n'oublierai pas !

Marcel écoutait en souriant. Il reprit l'initiative :

- Les puissances impérialistes entrent en guerre ; c'était programmé dans leurs gênes ! Les Soviétiques et les Allemands ont signé un pacte de non-agression. Staline veut la paix pour son peuple. Il veut le protéger des malheurs de la guerre.

- Ce faisant Hitler peut se tourner vers nous et nous envoyer ses divisions blindées. Ce revirement Soviétique est une traîtrise, un coup de poignard dans le dos. Plus qu'un traité de non-agression, c'est aussi un traité de coopération, une alliance. C'est terrible !

André connaissait les positions des Rigal, que ce soit Marcel, son frère Mathieu ou le père. Ces manouvriers étaient très influencés par les slogans et les idées communistes. C'était une constante, une foi. Toute discussion demeurait vaine.

- Les hommes de moins de quarante ans vont partir pour le front, pour la ligne Maginot.

- Saura-t-elle nous protéger ? C'est bien mal barré !

- Bientôt, ce sera notre tour de partir. Serrons-nous la main, nous sommes tous les deux de la classe 1940.

- Jamais ! Je ne partirai pas pour la guerre des nations capitalistes. Mourir pour mourir, je déserterai… s'exclama Marcel de sa voix tonitruante !

- Comme tu y vas !

- Je connais les prairies, les forêts, des planques, des cavernes et des granges où m'abriter ; je sais braconner le gibier des taillis, les truites des ruisseaux, ramasser des châtaignes et des champignons… La maréchaussée ne m'aura pas !

- J'irai te ravitailler, ajouta André en riant.

La conversation se prolongea sur ce mode. Grâce à l'amitié de Marcel, André avait intégré la triste nouvelle de la déclaration de guerre. Ils se serrèrent la main.

- De l'ouvrage nous attend ! A bientôt…

L’offensive Allemande.

Pendant la « drôle » de guerre la France paraissait figée. Les gens espéraient une issue par la négociation, un accord de dernière minute qui éviterait le carnage. Les permissionnaires racontaient leurs exploits rassurants. On tirait au canon sur la ligne Siegfried ; les Allemands répondaient par une intense canonnade, sans effet notable sur les solides fortifications de la ligne Maginot. Une attaque avait été repoussée dans les Vosges près de Saint-Avold. Chaque jour le quartier général publiait des déclarations victorieuses, des faits de guerre audacieux et courageux dont le but évident était de galvaniser le moral des troupes. Personne ne s’y trompait !

A Sainte Geneviève sur Argence, on apprit tardivement la percée des Allemands dans les Ardennes.

Le quatorze juin 1940, les jeunes de l’équipe de foot se retrouvèrent dans la grande salle de l’hôtel Masses. Ils étaient bien une quinzaine ce soir-là. La saison avait été bonne et le club, classé deuxième dans sa catégorie juste derrière Mur-de-Barrez, était certain de monter en troisième division.

Cette satisfaction était estompée par les nouvelles de la débâcle de l’armée Française. Les Allemands avaient pris la capitale ; le drapeau à croix gammée flottait sur Paris depuis le matin. La stupeur était à son comble. Qu’allait-on devenir ?

- Les Allemands n’oseront jamais venir dans nos montagnes.

- S’ils viennent, nous les chasserons à coups de fusil !

- Crois-tu que nos fusils de chasse soient suffisants devant leurs armements ?

Alberto Guidicelli, ordinairement très discret, tenta de rassurer l’assemblée.

- Les Allemands ne sont pas si méchants. Ils ont gagné la guerre. C’est évident. Il l’avait gagnée en 1870 ! Qu’ont-ils fait ? Ils ont pris l’Alsace-Lorraine et sont repartis chez eux !

- Je souhaite que tu aies raison ; avec Hitler et le national-socialisme, c'est diffèrent !

- Pour une fois, je suis d'accord avec Alberto, déclara Marcel Rigal. Les Allemands d'accord avec les Soviétiques sauront se montrer fraternels ! Si la guerre s'arrêtait là, ce serait bénéfique pour tous les peuples d'Europe.

Le patron, derrière son bar, intervint :

- De toute façon, les Allemands ne se risqueront pas à venir dans nos montagnes. Ils sont intéressés par les industries du Nord et de l'Est de la France, et par Paris ! Nos pâtures, nos vaches, notre lait, notre fromage les intéressent peu !

Les jeunes hommes étaient très mal informés. Les nouvelles à la radio de même que dans les journaux locaux, étaient déformées, voire mensongères. Les fermes isolées, les hameaux n'avaient pas tous l'électricité, encore moins une radio. Mêmes ceux qui avaient des opinions très tranchées comme Marcel ou Alberto étaient désarçonnés. Le traité de non-agression et de coopération entre Hitler et Staline, était-il un marché de dupes ? Etaient-ils sincères ? Le doute s'emparait de chacun. Chaque jour apportait son lot de nouvelles désarmantes voire contradictoires. Y avait-il des analogies, des ponts entre le national-socialisme et le socialisme à la sauce soviétique ? Beaucoup d'informations manquaient pour leur former un jugement clair. Comme toujours les positions partisanes et tranchées l'emportaient sur l'analyse objective. L'opinion générale doutait, restait dans l'expectative…

L'armistice. Pétain.

Lorsque André était de l'équipe du matin à l'usine hydroélectrique, en bicyclette sur le chemin du retour, il s'arrêtait pour se désaltérer au café de la place avant d'attaquer la côte de Cantoin. Il avait renoncé à espionner la « belle cavalière » du haut de son promontoire. Insister aurait été ridicule. Il vivait sa passion jusqu'aux frontières du raisonnable. Il n'était pas fou.

Malgré son entraînement, il craignait toujours cette montée vers la ferme familiale. Il y avait un passage difficile à forte déclivité. Son salaire conséquent lui avait permis de se payer une bicyclette de cyclotourisme à double plateau. Si ce n'était pas cette foutue guerre, il se serait payé une moto. C'était trop tard et d'ailleurs toutes les motos de la région avaient été réquisitionnées par l'armée. Il lui restait son vélo et ses muscles.

Il aimait s'accouder au bar pour y boire une limonade. Une connaissance, un ami, un « étranger » était toujours là pour discuter des dernières nouvelles. Madeleine fumait ses cigarettes de « mauvaise fille » en bout de comptoir assise à la même place sur son tabouret haut. Elle esquissait un sourire suivi d'une œillade complice. Il répondait par un discret salut. Elle écartait alors avec dextérité et presque discrétion ses longues et belles cuisses. Il lui souriait d'un air entendu et baissait les yeux pour décliner l'invitation.

Il préférait promener son regard sur les mollets fins, la jupe rebondie, la taille fine de Laurence, la jolie serveuse. Elle s'activait avec le sourire, essayant de satisfaire les demandes avec célérité. Elle aimait qu'André lui parle :

- Il me fait la cour, pensait-elle.

Il songeait… Comment chasser de sa tête Clara ? Laurence peut-être… Cette idée aurait pu faire son chemin si un peu d'espoir ne lui restait pas chevillé au cœur.

Pierre entra. Il finissait sa deuxième année d'école normale. Prétextant les récents évènements, la débâcle de l'armée Française, la demande d'armistice du nouveau gouvernement Pétain, le directeur avait décidé de mettre tout le monde en vacances. On était le vingt-deux juin 1940.

- Salut ! Quelles nouvelles ?

- En vacances depuis hier ! Un armistice va être signé, s'il ne l'est pas déjà. Nous sommes désormais une colonie de l'Allemagne.

- Que va-t-on devenir ?

- On va voir. A l'école normale, on dit qu'un certain général de Gaulle a lancé un appel à la résistance sur la radio de Londres, il y a quelques jours.

- Qui est-ce ?

- Je ne sais pas ! On verra… Est-ce qu'on peut vivre sous domination Allemande ?

- Non, jamais ! Ceci me paraît impossible !

Ils prirent leurs verres et allèrent s'asseoir au fond de la salle. La vie continuait. Etaient-ils vraiment concernés ?

- L'année prochaine, tu seras instituteur ?

- Je prendrai un poste dans la région.

- Et les filles ?

- Je suis très ami avec Françoise. Nous sommes dans la même année. On envisage de se marier dans un an ou deux. Tout dépendra des évènements qui semblent vouloir remuer notre vie quotidienne et personnelle. Est-ce qu'on sait ce qu'on fera demain ? Quel sort nous réserve cette guerre ?

- Quel sort les Allemands réservent-ils à notre France ?

- Pour l'instant, c'est dur d'être vaincu, mais dans la zone libre, nous paraissons protégés ; est-ce que cela durera ?

Après l'armistice, dans un premier temps, la vox populi loua Pétain d'avoir su arrêter la guerre, négocier la démobilisation de l'armée, organiser le gouvernement de Vichy.

Sainte Geneviève sur Argence était en zone dite « libre ». Les hommes démobilisés rentraient peu à peu. Il en manquait beaucoup. Environ un tiers étaient retenus prisonniers en Allemagne. Dans la plupart des fermes, les bras manquèrent. Les Rigal, le père et maintenant ses trois fils, s'engageaient ici et là dans les exploitations agricoles des alentours comme journaliers. Ce qui correspondait plus à leur besoin d'indépendance. Ils s'affranchirent des Guidicelli avec qui ils étaient toujours en conflit, à tel point qu'ils ne manquaient jamais de les appeler sans sourciller « les fachos Italianos de Beauregard » dès qu'une occasion se présentait.

La nourriture manqua vite dans les villes. Les tickets de rationnement apparurent. A la campagne, on s'organisa pour ne pas manquer. Un potager produisait des légumes et des pommes de terre. Un poulailler improvisé apporta des œufs et de la viande. On éleva des lapins, une douzaine suffisait pour toute une famille. D'autres qui disposaient de plus de place, engraissèrent un cochon, élevèrent une ou deux chèvres pour le fromage. On allait chercher son lait à la ferme la plus proche. Les fermières baratèrent le lait pour produire du beurre tandis que le Cantal, fromage du pays, se vendait de la main à la main sans passer par les circuits officiels. Les gens montaient en vélos d'Aurillac ou de Rodez pour glaner dans les fermes, au hasard de leur circuit, du beurre, des œufs ou une volaille.

Chaque hiver, on tuait un cochon dans chaque ferme. C'était une tradition festive qui permettait d'inviter les voisins. Désormais, ce rituel fut renforcé. On en tua un tous les mois ou tous les deux mois afin d'approvisionner le maximum de familles des environs ou de la ville.

On s'installait dans la défaite, ses pénuries et ses misères, certains que la prospérité reviendrait. En attendant, on se devait de survivre le mieux possible.

TROISIEME PARTIE :

LA RESISTANCE.

Constitution d'un premier noyau.

Le dernier match de la saison 1941 se solda par une cinquième défaite consécutive. Le club de football, avant-dernier de son classement, redescendrait en quatrième division la saison prochaine. Le président M. Masses avait invité ses joueurs à se désaltérer dans son café. Il avait envie de sermonner ses affiliés qui, selon lui, jouaient avec peu d'enthousiasme :

- Bon les gars, vous êtes nuls ! Aucun effort pour jouer un jeu collectif, aucun effort pour vous entraîner en dehors des matchs ! Vous avez mérité votre rétrogradation en quatrième division.

- Ce n'est pas grave ! Les clubs d'Espalion, Rodez, Laguiole ont un recrutement plus large et comptent parmi eux des gens aguerris qui, par leurs fonctions, ont le temps de s'entraîner !

- Nous sommes des amateurs accaparés par nos métiers et les tâches multiples des exploitations agricoles. Le foot est secondaire.

- On est là pour s'amuser et cultiver une amitié qui, pour la plupart, date de l'école communale, malgré nos professions qui nous éloignent…

- Il y a cette guerre ; c'est plus important que le foot !

- Est-ce que dans notre Auvergne, pour l'instant très éloignée du théâtre des opérations, nous pouvons rester à l'écart quand notre pays est conquis, occupé, rançonné, humilié ?

- Connaissez-vous les dernières nouvelles ?

- Les journaux de la collaboration exultent : Les Allemands ont lancé l'opération Barbarossa, ils envahissent l'U.R.S.S. ! Ils partent en croisade contre les bolcheviques !

Le grand Marcel Rigal exulta :

- Alors, ils sont foutus ! On est en juin ; les divisions blindées avancent. Attendez l'hiver ! Napoléon y a perdu sa couronne ! Hitler va y perdre son caleçon !

- Tu en es sûr ? S'exclamèrent la plupart.

- Ce serait trop beau !

- Vaincu par les Russes ?

- Par la neige, le gel et le froid ! Ils valent toutes les divisions blindées du monde !

- Les prolétaires de tous les pays ne laisseront pas mourir la patrie du socialisme. Ils vont se dresser et prendre les armes, insista Marcel.

- Tu entres en résistance ?

- Peut-être…

- Comment ?

Fernando Guidicelli intervint :

- Si vous parlez de politique, je me barre ! Dans ma famille, nous sommes partisans de l'axe. On a confiance dans le Duce ! Je ne veux pas discuter avec des communistes !

- Si un jour tu nous dénonces, on te tue ! Souviens-t-en !

- Je fous le camp ; je suis de trop ici… Je sens trop votre hostilité à mon égard ! Souviens-toi, je ne suis pas un cafardeur ! Jamais je ne dénoncerai un copain, fut-il d'un bord opposé au mien !

- Adieu, collabo en herbe !

L'Angleterre avait résisté seule aux attaques et aux bombardements allemands. Les Etats Unis l'aidaient en lui livrant de l'armement et des vivres. L'ouverture d'un nouveau front à l'Est changeait la donne. L'espoir renaissait surtout chez les jeunes. Comment faire ? Ils ne savaient pas à qui s'adresser. Les réseaux de résistance étaient embryonnaires. Ceux qui existaient, n'avaient pas d'arme. Après la sortie d'Alberto en colère, M. Masses reprit la parole :

- Ecoutez les gars : ici, c'est l'assemblée d'un club de football. Nous nous sommes réunis pour savoir si nous continuons de jouer l'année prochaine en quatrième division ! Je sais qu'avec tous ces évènements, jouer au foot peut paraître dérisoire. Si vous voulez entrer en résistance, ça vous regarde. C'est une décision personnelle qu'il ne faut pas prendre à la légère, un engagement qui peut être lourd de conséquences. Moi, de toute façon, je suis trop vieux, même si vous avez mon approbation et mon soutien. Alors, je vous inscris pour le championnat de l'année prochaine, oui ou non ? C'est clair !

André prit la parole :

- Je pense que, vu les circonstances, il est plus important de servir son pays que de jouer au foot.

- Quand nous serons libérés des Allemands, nous jouerons de nouveau…

- Si vous ne voulez plus jouer, je dissous le club ! Il renaîtra dans quelques années, après la guerre. Le sport entretient l'amitié, gomme les différences, les rancœurs et les haines de classes ou de races. C'est la guerre, vous ne voulez pas vivre sous la domination de l'Allemagne nazie. Comme je vous comprends !

Pierre se leva ; solennel, il proclama :

- Que ceux qui veulent s'engager dans un noyau de résistance veuillent bien venir à un rendez-vous ! Je propose demain, dans l'après-midi vers quinze heures. Vous connaissez tous le bois du bout du monde ? Vous avez chassé ou cueilli des champignons dans cette forêt communale qui descend vers la Truyère et l'Argence. Une clairière s'étend au centre. On l'atteint par différents chemins. L'entière discrétion est de rigueur. Des dénonciations volontaires ou involontaires sont possibles. Il faut se méfier des plus anodins. Vous avez entendu Fernando ! Celui-là, il faudra l'avoir à l'œil, qu'aucune information ne lui parvienne aux oreilles !

Ils sortirent. Les plus enthousiastes se comptèrent : Six ! Il y avait Marcel et Mathieu Rigal, Jacques et Jean Cruveilliers, André et Pierre. Les autres plus jeunes ne se prononçaient pas. Ils ne se sentaient pas concernés, mais en approuvaient l'idée. Ils réfléchissaient…

A l'école normale, Pierre avait entendu parler du réseau « combat ». Un certain Henri Fresnay « alias Charvet » essayait de rassembler des partisans, de structurer des noyaux de résistance, de les former à la clandestinité. L'objectif à long terme était de rassembler suffisamment de combattants armés et d'attaquer des bastions Allemands. A l'été 1941, on en était loin.

Les conversations à voix basse, entre les six candidats continuèrent dans la rue. La première question qui s'imposait dans toutes les bouches était :

- Comment se procurer des armes ?

- Il faudra les prendre aux Allemands.

- Oui, mais avec quelles armes ?

- Nos fusils de chasse paraissent bien anodins devant les pistolets mitrailleurs ennemis !

- Bon, on se réunit demain soir. On réfléchit. Avant tout, de la discrétion. Nous arriverons par des chemins détournés, chacun de son côté pour ne pas attirer l'attention. Il nous faut d'abord apprendre la clandestinité.

- Toujours être conscient du danger…

André était du matin à l'usine du Brézou. Il finissait son service vers midi. Il enfourcha son vélo, franchit le pont de la Cadène et pédala ferme en remontant les gorges de la Truyère. Une joie nouvelle inondait son cœur. On ferait enfin quelque chose pour sauver ce beau pays de la domination étrangère ! Il quitta la départementale pour s'engager dans le chemin vicinal de Mels. Le soleil était haut dans le ciel. Il transpirait à grosses gouttes. Par bonheur le chemin descendait et le vent le refroidissait. Il passa à côté des fermes. C'était l'heure du repas et du repos de la mi-journée. Les fermiers étaient chez eux. Des volailles s'écartèrent en caquetant au passage du bolide. Quelques plumes volèrent. André souriait. Il aimait la vitesse et l'aventure. Une autre vie commençait : Electricien le jour, résistant la nuit, pensait-il ! Son cœur battait, enthousiaste, comme lorsqu'il pensait à Clara. Il freina, ralentit ; c'était par ici ! Un étroit sentier bordé d'un côté par des genêts et de l'autre par un mur de pierres sèches descendait vers « le bout du monde ». Il mit pied à terre et s'engagea le vélo à la main. Le chemin se rétrécit encore, sa bicyclette gênait sa marche. Des ronces pouvaient créer une crevaison désagréable. Il se résolut à la cacher dans les taillis.

Il marchait d'un pas alerte, sautait de pierre en pierre, courait sur ce sentier en pente, impatient de retrouver les autres. Il n'avait pas le souvenir que la clairière fût si loin. Il déboucha enfin dans celle-ci.

Elle était quasi circulaire. Marcel et Mathieu Rigal de même que Pierre étaient déjà là.

- Le voilà !

- On attend les autres…

- Ils ne vont pas se dégonfler ?

- Non, c'est mieux d'arriver en ordre dispersé.

André examinait le terrain.

- Je l'imaginais plus grande, dit-il.

L'herbe était rase et rare. Des crottes de montons et de chèvres souillaient sa surface. Marcel sourit :

- Ce sont mes sœurs qui, chacune leur tour, amènent notre troupeau, quatre brebis et quatre chèvres, pour brouter ici une fois par semaine. Regarde cette grosse pierre blanche ! C'est là qu'elles s'assoient. Comme tu le sais notre fermette est située un peu plus haut à environ deux kilomètres. Nous n'avons qu'une pâture trop petite et nous profitons de la forêt communale. Il n'y aura pas de problème. Elles sauront tenir leur langue et seront de bonnes adjointes pour nous ravitailler ou nous porter des messages si un jour nous devenons clandestins.

- Jacques et Jean surgirent du bas.

- Vous voilà !

- Nous étions en avance. Nous en avons profité pour explorer le bas. Il y a un à-pic du côté de la Truyére de cinquante à cent mètres, de même du côté de l'Argence qui se précipite en cascades nombreuses et bruyantes. Nous sommes sûrs de ne pas être attaqués de ce côté.

- Avez-vous vu un sentier étroit qui descend jusqu'en bas ? Intervint Marcel. Mon père le connaît et descend par là pour pêcher. Il est abrupt et dessert deux grottes creusées dans la falaise calcaire. Avec Mathieu, nous les avons explorées. Elles sont vastes. Personne ne connaît le sentier ni les grottes, le premier peut servir pour échapper à un encerclement, les grottes pour nous abriter et nous cacher.

- Nous apprendrons à bien connaître ce réduit…

- Il faudra s'entraîner à descendre par le chemin jusqu'à la Truyère : c'est réellement ardu et dangereux. Il ne faut pas avoir le vertige !

- A partir d'ici nous pourrons surveiller la route départementale qui est une voie stratégique.

- Pour l'instant, nous devons entrer en contact avec les embryons de réseaux de résistance, dit Pierre. A l'école normale, un journal clandestin circule : « Combat ». Je vous l'apporterai !

- Nous sommes un noyau très décidé. Nous devons entrer en contact avec d'autres, grossir notre groupe, nous armer.

- Bien connaître la forêt.

- C'est un commencement. Nous serons efficaces plus tard.

Débuts difficiles.

Les sept partisans se réunissaient dans la clairière du « bout du monde » une fois par mois. L'heure et le jour variaient par sécurité. On s'informait, on discutait. André décida quatre collègues de son usine de se joindre à eux. Ils furent onze.

Le premier octobre, Pierre fit sa dernière rentrée à l'école normale. Il serait bientôt instituteur si des évènements ne venaient pas se mettre en travers de son chemin. Il apportait le journal clandestin « Combat » qui était lu et commenté. Leur groupe se mit en relation avec ce réseau de résistance. Ils n'étaient plus isolés et appartenaient à un ensemble qui balbutiait, et se structurait.

A la réunion de décembre 1941, Pierre arriva en brandissant le journal en signe d'enthousiasme. Les U.S.A, attaqués à Pearl Harbour où leur flotte avait été en partie détruite, avaient déclaré la guerre au Japon et par voie de conséquence à l'Allemagne et à l'Italie. Les Allemands piétinaient dans les plaines Russes. Leur offensive était stoppée devant Stalingrad, Moscou et Leningrad.

- Les alliés vont bientôt prendre le dessus ! Nous arrivons à un virage décisif.

On lisait dans « Combat » que les Allemands avaient été défaits devant Moscou. Leur expansion avait été bloquée. Leurs efforts pour prendre la ville avaient été vains.

Le fait le plus important était que le réseau leur demandait s'ils pouvaient accueillir cinq camarades « grillés » dans les régions occupées. L'assemblée applaudit. Enfin, on aurait un maquis à demeure. Qui étaient ces camarades ? On le verrait bien et peu importait leurs origines et leurs motifs. Pierre supputait qu'il s'agissait des persécutés du régime nazi ou de Vichy : Juifs étrangers ou pas, réfugiés républicains espagnols, évadés des camps de prisonniers. La règle était de ne rien savoir et de se connaître sous un pseudonyme.

- Nous devons apprendre la clandestinité. D'abord nous taire, ne rien dire à l'extérieur, même à des amis ou à de la famille proche qui lors d'un interrogatoire pourrait à leur insu, livrer un renseignement, mettre en danger notre organisation balbutiante.

- Ici, nous sommes tous égaux. Nous partagerons aussi bien les vivres, les armes, les difficultés.

On réaménagea une grange abandonnée au bord de la falaise. De vieilles tôles furent remises sur le toit. Elles furent immobilisées par de pesantes branches de chêne et de grosses pierres. On apporta à dos de mulet, quelques bottes de paille. On cloua des planches sur les battants des fenêtres et des portes pour empêcher le vent de passer. En cas de grand froid, il était toujours possible de se réfugier dans la grotte la plus profonde dont la température, été comme hiver, était constante. Ce fut un très bon refuge de nuit.

Les nouveaux arrivèrent chacun leur tour. L'un par la gare d'Aurillac, l'autre par celle de Rodez, un autre venait de Saint-Flour à pied empruntant quelquefois des cars ou des voitures à cheval jusqu'au prochain village. Ils passaient en général leur première nuit à l'hôtel Masses, mangeaient dans les cuisines et couchaient dans la chambre la plus discrète du troisième étage. André, Marcel ou Mathieu, chacun à leur tour, passaient les chercher et les emmenaient jusqu'au refuge du « bout du monde ».

Les cinq nouveaux s'occupèrent d'améliorer leur confort. Ils reconnurent les alentours. C'était des citadins, peu aguerris à cette vie sauvage. Chacun leur tour, ceux du pays les ravitaillaient. Les journées leur paraissaient longues. L'armement était quasi nul. Quelques fusils de chasse leur furent amenés. Ils apprirent à poser des collets, à attraper des truites dans les torrents, à manger des champignons et des châtaignes.

Cette vie clandestine ne leur plaisait guère. Leur découragement était patent. Chaque jour, ils exprimaient leur doute, leur impatience de libérer leur pays. Ils souhaitaient entrer vite dans la réalité d'une résistance active.

André continuait de travailler. Il passait souvent les voir pour leur apporter du ravitaillement, du moins des encouragements. Pierre et sa fiancée, Françoise, enseignaient maintenant à l'école des garçons de Saint-Amant-des-Cots. Les Rigal travaillaient ici et là dans les fermes. Ils ne manquaient jamais de remonter le moral des permanents en leur apportant du vin, de la gniole quelquefois, de la nourriture ou des outils destinés à améliorer leur confort.

Le journal « Combat » leur apprit le débarquement des alliés en Afrique du Nord en novembre 1942. La France libre avait désormais une capitale française : Alger. Le général de Gaulle s'y installa. Une armée française régulière et conséquente fut formée en recrutant dans les populations d'Algérie, du Maroc et de Tunisie. L'armée française d'Afrique tripla de ce fait. Elle fut intégrée aux alliés anglo-américains.

Quelques jours après (le onze novembre 1942) le troisième Reich, craignant à juste titre un débarquement au Sud de la France, envahit la zone « libre ».

Nos résistants avaient désormais des ennemis à portée de leurs mains. Ils pourraient les attaquer dès que leur armement serait suffisant. La situation devenait plus passionnante mais plus dangereuse. La gestapo s'installa dans la gendarmerie de Mur-de-Barrez tandis que celle de Sainte Geneviève abritait la gendarmerie française.

Le réseau continuait de recevoir des réfugiés dans cette période de persécutions multiples. Début 1943, ils étaient une vingtaine. Leurs conditions d'existence étaient difficiles. Ils étaient insuffisamment vêtus, leurs chaussures de ville étaient inadaptées au terrain. La nourriture malgré les louables efforts de la population, était insuffisante. Ils s'ennuyaient et projetaient une attaque du siège de la gestapo à Mur-de-Barrez. Il fallut toute l'adresse d'André et de Pierre pour les en dissuader. Cette action aurait été suicidaire dans ce contexte. Ils leur montrèrent un poste d'observation au-dessus du barrage de Sarrans. La route départementale empruntait ce passage et la gestapo établit très tôt un poste de contrôle. Deux hommes surveillaient en permanence les allées et venues des Allemands. Ils connurent assez précisément leur effectif, leurs véhicules, leur armement.

Pierre leur annonça au début de l'année 1943, la possibilité de la venue du capitaine « Charvet » C'était un des hommes qui avait organisé le réseau Combat. Il revenait de Londres où il avait rencontré de Gaulle. Les deux hommes avaient décidé de constituer des bataillons de résistants dans les zones montagneuses, en particulier en Auvergne, dans le Vercors ou sur le massif des Glières près d'Annecy. De Gaulle avait promis d'obtenir des armes auprès de Churchill à la condition que les résistants soient bien structurés et ne commettent pas d'exactions irresponsables.

L'assemblée applaudit.

- Quand viendra-t-il ?

- Ce sera un grand honneur !

- Aurons-nous bientôt des armes ?

- Bien sûr ! Je ne sais pas quand il viendra. Il a été parachuté récemment et il fait la tournée des principales poches de résistance. C'est moi qui vous l'amènerai !

L'organisateur.

Vers la mi-février 43, un soir vers dix-huit heures, un homme frappa au carreau de l'école de Saint-amans-des-Cots. C'était un de ces soirs d'hiver où la nuit est très noire et très froide et où le ciel semble promettre une épaisse couche de neige. Le sang de Pierre ne fit qu'un tour. Il courut à la fenêtre. La bicyclette à la main, un trentenaire, frigorifié dans son vieux manteau noir, observait l'environnement de la cour de récréation. Son visage régulier et son regard décidé en imposaient.

- Tu attendais quelqu'un ? dit Françoise.

- Oui, c'est lui !

Pierre se précipita pour ouvrir la porte.

- Le coq vaincra, fit le nouvel arrivant.

- Et la poule gloussera, répondit Pierre.

- Je me présente : Capitaine Carlus ! Charvet est ailleurs. Il m'a délégué auprès de vous.

- Comment ça va ? La route est-elle dégagée ?

- Je suis passé ! Mais, ça monte pas mal pour arriver chez vous ! Le coin est calme ; le temps semble virer à la neige !

- Les camarades piaffent d'impatience de l'animer. Ils voudraient en découdre avec l'ennemi. Que peuvent-ils faire avec leurs vieilles pétoires ?

- Je suis justement venu pour organiser et structurer. C'est à cette condition que Londres nous fournira un armement conséquent. Churchill l'a promis à de Gaulle. Vous n'êtes pas surveillés ?

- Non, pas à ma connaissance.

- Demain, nous irons dans votre réduit. Combien êtes-vous ?

- Une trentaine !

- C'est bien, et c'est encore peu !

- De mois en mois les volontaires affluent. Depuis que les rafles se multiplient, que la répression s'accroit, les effectifs n'en finissent pas de grossir !

- C'est loin votre planque ?

- Une vingtaine de kilomètres…

- Bon, ça ira… sauf si la neige se met à tomber !

- Non, il fait trop froid ! Le vent va la pousser sur le Cantal. Le « bout du monde » n'est pas loin, mais ça monte ! Cent cinquante mètres de dénivelé !

- J'ai de bonnes jambes !

- Oui, ce n'est rien pour des jambes entraînées !

Ils se mirent à table. Françoise avait concocté une bonne poule au pot, en provenance du poulailler de l'école. Les pommes de terre et les légumes étaient de leur production, bien conservés dans une cave profonde et colmatée.

- On mange bien chez vous !

- C'est la campagne !

- J'ai un excellent vin blanc d'Entraygues. Il a deux ans de cave !

- Juste un peu…Comment sont ravitaillés vos maquisards ?

- Pas trop de problèmes. On leur apporte des vivres. Ils chassent, font provision de châtaignes à l'automne… Un peu de maraude !

- Attention à la maraude ! Elle peut provoquer des plaintes et faire repérer le maquis. Engagez vos hommes à respecter l'environnement et même les gens qui penchent pour la collaboration ! Ce n'est pas une raison pour piller leur cheptel ! Il faudra choisir un chef ; ce responsable devra avoir une autorité suffisante pour empêcher toute dérive toujours possible dans ce contexte de pénurie et d'oisiveté. Est-ce que tu pourrais être celui-là ?

- Tant que je fais la classe, je ne suis pas assez souvent sur le terrain ! Je suis de la classe 1940, je n'ai pas fait de service militaire, donc je suis mal placé pour prendre ce commandement !

- Y-a-t-il un militaire de carrière parmi vous ? Quelqu'un d'aguerri pour cette mission ?

- Oui, Guy, dit Guitoun, il était sergent dans l'armée en 39.

- Alors, il est tout désigné ! Pas trop tête brûlée ?

- Non, il est comme tous les autres, impatient et lui, particulièrement, se rend compte que sans armement suffisant, ce serait suicidaire !

- Nous voulons créer une véritable armée secrète avec des soldats qui obéissent à une stratégie déterminée. Nous ne voulons pas d'amateurs faisant n'importe quoi, qui risqueraient de se faire tuer pour rien. Je leur tiendrai ce langage. La livraison d'armement est subordonnée à la constitution d'une vraie armée hiérarchisée avec des soldats obéissant à leur chef. J'insiste sur ce point.

- Nous leur porterons ce message. Il sera entendu. Ils sont conscients de leur isolement et de leur faiblesse devant un ennemi surarmé.

- Y a-t-il des prostituées dans les bourgs ?

- Oui, un peu, pourquoi ?

- Parce que les Allemands en sont friands ! Ils les font parler. Ce sont en général de bonnes indicatrices pour la gestapo. Par conséquent, il faut mettre en garde nos troupes et leur interdire de fréquenter ces femmes ! Ce n'est pas une question de morale, mais de sécurité pour l'ensemble du groupe.

Ils discutèrent tard dans la nuit du front russe, de la guerre en Asie, du débarquement en Afrique du Nord.

- Il faut ouvrir un nouveau front à l'Ouest de l'Europe. Les alliés préparent un débarquement à partir de l'Angleterre et au Sud à partir de l'Afrique du Nord. Pour cette raison, il devient nécessaire de créer un front de l'intérieur qui harcèlera l'ennemi sur ses arrières et empêchera ses mouvements.

La nuit fut courte. Dès six heures du matin, ils étaient debout devant leur petit-déjeuner. Ils bouclèrent une musette avec des provisions. Dès sept heures, le jour n'était pas encore levé, ils attaquèrent la montée en vélo vers Sainte Geneviève sur Argence. Il avait gelé. Le froid était glacial et sec. Des plaques de verglas parsemaient la route mais la neige n'était pas tombée. Pierre avait la piquette malgré ses gants de laine. A mi-chemin, ils s'arrêtèrent pour se réchauffer à l'auberge de Saint Symphorien. Pierre avait l'habitude d'y manger des œufs au jambon que la tenancière lui préparait avec entrain.

- Un peu de pain ? C'est du pain maison. Il est tout chaud !

- Merci, avec plaisir !

- Alors, Monsieur l'instituteur, on monte à Sainte pour voir ses parents ?

- Eh, oui !

- Comment vont-ils ? Il y a un moment que je les ai vus !

- Avec la guerre, ils vivotent ! Les arrivages de marchandises au magasin se font de plus en plus rares. Les Parisiens ne viennent plus en vacances. C'est la dèche !

- Eh, oui ! C'est un dur moment à passer !

- Le bon temps reviendra.

- Un peu de vin ?

- Non, la côte est dure, et ce breuvage me coupe les pattes !

Ils reprirent la route. A la sortie du village, ils mirent pied à terre. La pente était très raide. Une calèche menée au trot, les doubla. Pierre reconnut le bourrelier Vidal.

- Salut ! On peut s'accrocher ?

- Bien sûr, les gars !

Il fit ralentir son cheval. Les cyclistes enjambèrent leur vélo et s'accrochèrent. Le cheval repartit au trot. Cette forte pente continuait sur trois kilomètres. Vidal laissa souffler son cheval. On avança au pas. Les cyclistes appréciaient cette aide précieuse et amicale. Au sommet, ils remercièrent et le cabriolet s'élança de nouveau au trot.

En arrivant sur la place de Sainte Geneviève, une affiche venait d'être placardée. Elle annonçait le service du travail obligatoire (S.T.O.) pour tous les jeunes des classes 1940, 41, 42. Ils s'arrêtèrent consternés ! Des passants, des paysans et des ménagères s'attroupaient devant :

- Alors, ça y est, nos jeunes vont partir travailler dans les usines allemandes pendant deux ans !

- Souvent des usines d'armement !

- Avec le risque d'être bombardé !

Pierre et Charlus ne s'attardèrent pas.

- Toi, tu es de la classe 40 ?

- Je suis concerné ainsi que tous mes copains. Il est hors de question que j'aille travailler en Allemagne ! Je vais prendre le maquis.

- Tous les Allemands sont mobilisés sur les différents fronts ! Hitler manque de main d'œuvre pour les usines d'armements. C'est un aveu de faiblesse. Les jeunes Français vont rejoindre en masse le maquis. Nous la tenons notre armée de l'intérieur. Il faut que de Gaulle secoue Churchill pour qu'il nous parachute des armes. La résistance va prendre un nouvel essor. Il devient urgent d'organiser des unités de trente à cinquante partisans bien armés, prêts à se concentrer pour attaquer en nombre et en ordre une caserne, un dépôt de munitions, un point de passage stratégique !

Ils passèrent voir les parents de Pierre, au magasin Casino. Louis, le père de Pierre, écumait devant ses rayons vides.

- Etre commerçant quand on n'a rien à vendre est le pire qu'il puisse arriver. Et toute cette paperasse avec les tickets de rationnement ! A croire que les Allemands pillent toutes les denrées alimentaires de ce pays !

- C'est la guerre, plus de café, plus de chocolat, renchérissait sa femme.

- Enfin, ta mère a trouvé un rôti de porc qu'elle a échangé contre des œufs ! Avec de bonnes patates, ils feront un déjeuner honorable.

- Celui-là, les boches ne l'auront pas !

Les repas en ces temps de pénurie revêtaient une importance primordiale. On y pensait dès le réveil. Quand on trouvait de quoi manger honorablement, on avait l'impression de prendre une revanche sur l'occupant, considéré comme l'affameur des petites gens.

- Vous connaissez les dernières nouvelles ?

- Non !

- Il est probable que je sois appelé au S.T.O.

- Que feras-tu ?

- Il n'est pas question que j'aille travailler pour les boches !

- Si c'est pour libérer des prisonniers de guerre ?

- Foutaise et propagande que cette histoire de relève ! Ils ont besoin d'une main d'œuvre gratuite. Les prisonniers de guerre leur en procurent une quantité devenue insuffisante ; ils ont inventé le S.T.O pour compléter le dispositif. Ce qui veut dire qu'ils sont au maximum de leurs possibilités. Ils sont aux abois ; bientôt la débandade !

- Si tu pouvais dire vrai ! Que vas-tu faire ?

- Je n'ai pas le choix ! Le maquis à plein temps comme beaucoup !

- Tu laisseras Françoise ?

- Bien obligé parce qu'ils viendraient me chercher ; ce n'est pas de gaîté de cœur que je la laisserais seule pour aller me cacher dans les bois !

La réunion du maquis était prévue dans l'après-midi. André et Charlus quittèrent le magasin de bonne heure. Charlus dont c'était la première visite du « bout du monde » voulait voir cet endroit dans le détail.

- L'endroit est idéal et devrait te plaire. Les falaises de la Truyère et de l'Argence nous protègent sur l'arrière. La forêt est épaisse et seuls quelques discrets sentiers permettent d'y accéder.

Le village de Mels était paisible, comme endormi par l'hiver. La neige des bas-côtés fondait. Des gouttelettes d'eau glacée coulaient des toits. Le ciel était d'un bleu intense. Ils descendirent à vivent allure et dissimulèrent leurs bicyclettes dans les taillis.

Ils furent accueillis par la sentinelle cachée dans un fourré au bord du chemin.

- Salut ! Je te présente le capitaine Charlus. Reste en place, je l'accompagne jusqu'à la clairière.

Quand ils arrivèrent, une dizaine d'hommes étaient déjà présents. Ils préparaient un feu de camp en apportant du bois mort. Tous saluèrent le nouveau venu.

- Je suis le capitaine Charlus. J'ai été nommé par le général de Gaulle pour être le chef des Mouvements Unifiés de la Résistance (M.U.R.) du plateau de la Viadène, du Nord Aveyron, du Cantal et de l'Aubrac. Je suis votre responsable ! Pierre va d'abord me faire visiter ce réduit.

- Et les armes ? Fut la question qui fusa de toutes les bouches comme un cri d'impatience.

- Si nous savons nous structurer en une véritable armée, des parachutages auront lieu d'ici quelques mois. C'est la raison de ma venue. Déterminer leur lieu avec précision.

Pierre le promena dans la forêt, lui montra la grange, les falaises abruptes, les cavernes, l'étroit sentier qui pourrait permettre un éventuel décrochage. Charlus était séduit.

- En effet, c'est un lieu idéal. Il sera difficile d'y accueillir plus de cinquante combattants. D'ici vous contrôlez les ponts sur la Truyère : celui de la Cadène et celui du barrage de Sarrans. C'est un lieu stratégique !

Le soleil dardait ses rayons hivernaux. Le vent d'Est avait cessé. Une température agréable régnait dans la clairière. Le feu de camp fut allumé. Les flammes montèrent droites vers le ciel. Les branches de pin crépitèrent. On y grilla des châtaignes. Les trente maquisards arrivaient en ordre dispersé. Ils se disposèrent en cercle autour du foyer ; certains étaient assis sur des pierres, d'autres accroupis, d'autres encore restaient debout.

Le capitaine Charlus se présenta, insista sur la nécessité de créer une véritable armée de l'intérieur, structurée et obéissant aux ordres des supérieurs ; il condamna toute action individuelle contre l'ennemi ou les supposés collaborateurs ainsi que le maraudage et le pillage.

- Le parachutage d'armes est subordonné à ces conditions, insista-t-il encore une fois. Je nomme le sergent Guitoun, chef de ce maquis. Vous devrez lui obéir et il sera responsable de vous devant ses supérieurs. Il recevra les ordres par les canaux habituels. Désormais, vous n'êtes plus isolés. Vous faites partis du M.U.R !

A dix-sept heures le capitaine Charlus repartit. C'est André qui eut la mission de le raccompagner. Ils remontèrent la pente du village de Mels le vélo à la main.

- Les parachutages pourront avoir lieu sur le plateau de Cantoin près de la Bastide. C'est un endroit idéal assez plat et loin des trajets des motocyclistes de la gestapo.

Arrivé à la route départementale, Charlus manifesta son désir de continuer seul. Il avait d'autres correspondants à contacter.

L'armée de l'intérieur s'organisait.

La découverte

Les camarades de la classe 1940 reçurent bientôt leur convocation pour partir au S.T.O. en Allemagne. Ils devaient se présenter dans les 48 heures à la « kommandantur » de Rodez pour rejoindre sans tarder des usines de Hambourg, Francfort ou Munich.

Pierre Cazes, André Paulhac, Marcel et Mathieu Rigal, Jacques et Jean Cruveilliers rejoignirent le maquis sans attendre que la police ne vienne les chercher. Ils amenèrent avec eux les couvertures et vêtements chauds qui leur restaient, c'est-à-dire ceux qu'ils n'avaient pas déjà donnés. D'autres gars du Cantal et de l'Aveyron proches affluèrent. L'effectif des résistants permanents monta à quarante à la fin de 1943.

Seul de la classe 1940, Fernando Guidicelli partit au S.T.O.

Pendant l'été 1943, tantôt l'impatience, tantôt le découragement se manifestait dans les rangs des maquis d'autant que les parachutages d'armes se faisaient toujours attendre. Guitoun déployait toute son aptitude au commandement pour les occuper, les entraîner, leur donner des tâches de surveillance ou d'espionnage de l'ennemi. Une résistance plus active sans véritable armement aurait été suicidaire. Pourtant leur effectif dépassait maintenant celui de la gestapo stationnée à Mur-de-Barrez.

Un rocher en retrait de la départementale, situé au-dessus du barrage de Sarrans, leur servait de tour de guet. Ils étaient deux en permanence dans cette cachette, relevés toutes les six heures. Une vieille paire de jumelles leur permettait de voir arriver les véhicules de l'autre côté du barrage, quelquefois distants de plusieurs kilomètres. Une autre équipe surveillait le pont de la Cadène. Cette planque était disposée entre deux gros rochers, à l'abri du vent. Elle était plus confortable. L'un des deux gardes pouvait sommeiller pendant que l'autre restait aux aguets.

Un soir de l'été 1943, le galop d'un cheval en provenance de Sainte Geneviève intrigua les deux factionnaires. Le martèlement sur les pavés de la route se rapprochait rapidement. Il était un peu plus de dix-sept heures. Soudain, ils virent déboucher Clara Guidicelli sur sa belle jument. Dressée sur les étriers, en tenue de cheval, bottes de cuir et bonde sur la tête, elle leur parut encore plus aérienne et fantastique que précédemment. Ses fesses rebondies se soulevaient en cadence. Sa taille fine finissait de lui donner un charme fou.

- Qui est cette jolie amazone ? Mais, c'est Clara ! fit Pierre.

- Elle galope vers Mur-de-Barrez !

La cavalière ralentit son cheval dans la descente vers la Truyère. Elle passa au pas devant les Allemands.

- Tu as vu, la gestapo la laisse passer sans contrôler ses papiers !

La cavalière emprunta la route du barrage hydroélectrique de Sarrans et remonta la pente de l'autre côté. Marcel parcourut l'horizon à l'aide de ses jumelles. Il se fixa soudain :

- Tu ne devineras jamais ! La Mercédès cabriolet de la gestapo est stationnée au carrefour. Un officier SS en uniforme se tient debout, seul, près du véhicule, sa casquette à la main. Clara s'approche. Elle saute de son cheval. Ils s'embrassent !

- Fais voir, demanda son compagnon.

- Alors, là ! Je n'en crois pas mes yeux !

- Clara emprunte le chemin qui pénètre dans la châtaigneraie en tenant sa jument par la bride. Elle l'attache à un arbre ! Elle revient vers l'officier SS, l'embrasse de nouveau !

Les deux résistants étaient choqués. Comment cette jeune fille qui avait refusé toutes les avances des plus beaux jeunes hommes de la contrée, des plus riches, pouvait-elle s'amouracher d'un ennemi, d'un Allemand, et de surcroit d'un SS de sinistre renommée ?

Ils assistèrent à une étreinte qui se prolongea de longues minutes. Puis Clara tourna autour du cabriolet, ouvrit la porte du passager et monta. La Mercédès démarra, descendit jusqu'au barrage pour y faire demi-tour. Marcel eut tout le temps d'examiner le véhicule et son conducteur. Il reconnut le lieutenant qui commandait la gestapo de Mur-de-Barrez.

Pierre manifesta son impatience. Il reprit les jumelles. Le cabriolet remontait doucement la pente. Il put détailler la haute silhouette élancée, élégante de l'officier. Ses cheveux étaient blonds et bien coiffés. Il se dit en lui-même :

- Un bel homme, en effet…

La chevelure de Clara, débarrassée de sa bonde, flottaient au vent. La Mercédès disparut dans le lointain. Les deux camarades subjugués s'assirent sur un rocher :

- T'as quelque chose à boire dans ta musette ?

- Un peu d'eau ?

Il lui tendit sa bouteille.

- Non, je suis tellement sonné que, seul, un peu d'eau de vie peut me remettre, s'il te plait ?

- Juste un peu !

C'était l'heure de la relève. Deux autres camarades arrivaient…

Marcel Rigal informa le sergent Guitoun le soir même.

- Et, alors ? En quoi cela concerne-t-il la résistance ? C'est une histoire d'amour !

- Oui, mais… Elle sait tout de nous ! Qui a pris le maquis dans le village… Elle connait le moindre recoin de la campagne et des forêts du canton. Elle se doute peut-être que nous nous cachons au « bout du monde ». C'est l'endroit le plus adéquat de la région pour le maquis ! Il existe un véritable danger qu'elle nous dénonce d'autant plus que nous avons maraudé quelques poules aux alentours de leur ferme. Ils ont dû s'en apercevoir et ce ne sont pas des gens qui se laissent picorer sans réagir.

- Tu crois qu'elle pourrait parler ?

- Je le crains vraiment. Cette histoire d'amour n'est pas à prendre à la légère !

Pierre arrivait. Il prit part immédiatement au conciliabule.

- Il ne faut pas dramatiser, argumenta-t-il. Cette fille est solide. Je ne pense pas qu'elle puisse nous trahir consciemment !

- Je pense le contraire, répondit Marcel. Ces gens-là sont des collabos ! Les Guidicelli ont toujours déclaré leur attachement au Duce. Ils ont applaudi l'alliance Hitler-Mussolini. Fernando est parti de bon gré au S.T.O, croyant faire œuvre de patriotisme ! Ils sont avec les ennemis. Par conséquent, ce sont nos ennemis ! De plus, même si elle ne désire pas trahir consciemment, le lieutenant saura la faire parler… dans des confidences sur l'oreiller… Ils sont très forts sur ce sujet ! Elle peut aussi parler à son insu, par petits morceaux dévoilés un à un et qui, mis bout à bout, constituent une véritable dénonciation, certes involontaire mais finalement réelle.

- Oui, c'est vrai, fit le sergent Guitoun. Il existe un réel danger ! Je dois en référer sans tarder à la hiérarchie ! Avant tout, il faut s'informer si cette relation est durable.

La mission de Pierre.

Guitoun comprit qu'une décision ne serait pas facile à prendre. Le mieux était que le capitaine Charlus se déplace assez vite. En attendant, il essayerait de rassembler des avis et des preuves sur le comportement de la « coupable ». Le sergent n'était pas du pays et ne connaissait pas Clara. Il sentait que Marcel Rigal avait un contentieux, des préventions, presque une haine envers les Guidicelli. La sécurité de ses quarante maquisards était prépondérante sur toutes les sympathies ou antipathies vis-à-vis de Clara et de sa famille. Le lendemain, Pierre se vit confier la mission de transmettre à sa femme Françoise une demande urgente de visite du Capitaine Charlus dans leur refuge du « bout du monde ».

Pierre ne se fit pas prier une minute de plus. Il dormit mal sur la paille de la grange. Il fut réveillé de très bonne heure, se leva sans bruit pour ne pas réveiller ses camarades, plia sa couverture. Cette douce nuit d'été était propice à un départ matinal ; le village et ses habitants dormaient encore. Ce calme des chemins était idéal pour un clandestin. Des coqs chantèrent ; quelques chiens aboyèrent dans le lointain. La fraîcheur matinale le stimulait. Il devait prendre sa bicyclette chez ses parents. Il décida de ne pas les réveiller. Il passa par derrière, côté jardin, pour accéder au bâtiment. Ils dormaient. Il décrocha son vélo et sortit par le grand portail de la cour fermée de l'intérieur par un énorme verrou. Il referma derrière lui en tirant les deux battants et profita du désert de la rue pour l'emprunter. La pente vers l'école de Saint-Amans-des-Cots fut dévalée à toute vitesse. Il arriva tellement tôt que Françoise n'était pas encore levée. Il gratta trois fois à la porte selon son habitude pour signaler sa furtive venue.

Françoise dans la phase de sommeil léger qui précédait son réveil, crut rêver. Ce grattement de félin, elle l'espérait depuis plus d'un mois. Elle tendit l'oreille. Le triple grattement se répéta. Elle émergea dans la réalité. C'était lui. Elle se précipita à la fenêtre qu'elle entrebâilla et prononça à voix basse :

- J'arrive !

Dans le ton de ces simples mots, étaient contenus toute l'attente anxieuse et l'espoir d'une amoureuse que le destin et la fatalité ont séparé de son amour. Les verrous claquèrent dans le silence et la porte s'ouvrit. Ils s'embrassèrent, s'enlacèrent. Leurs lèvres s'unirent et leur étreinte ne cessa que pour gravir en toute hâte, l'escalier qui menait à leur chambre...

Ce n'est qu'après que Pierre pensa à se raser de près, à se laver. Il retrouvait pour quelques heures une vie normale, la propreté, un vrai toit, et ce qui lui manquait le plus : Sa femme. Il repartirait demain matin très tôt. Il savourait sa chance de dormir ce soir dans un vrai lit avec sa compagne : le paradis pour un proscrit ! Le risque que la police vienne perquisitionner la maison, était possible, mais minime. Il avait déjà imaginé une parade. Une trappe d'accès au grenier existait sur le palier et il s'était entraîné à y accéder en moins d'une minute. D'ailleurs, la police française ne mettait aucun zèle à chercher les réfractaires du S.T.O. Dans l'été quarante-trois, la gestapo leur laissait encore ce rôle. Pendant que Françoise s'occupait de ses élèves, Pierre paressa dans son lit. Il en profita pour parcourir la poésie de Verlaine et Rimbaud qu'il avait oubliée dans son exil, trop accaparé par l'organisation des tâches de ses camarades. Cette lecture le rendait optimiste. Il se sentait heureux ! La dure vie de réfractaire ne durerait pas. C'était un passage obligé. L'heure du combat sonnerait bientôt. Quand l'ennemi serait « bouté » hors de France, il redeviendrait un enseignant pacifiste.

A midi juste, Françoise congédia ses élèves. Elle les regarda disparaître un à un au bout de la rue et monta en toute hâte dans son logement de fonction. Quel silence ! Elle entrebâilla la porte de la chambre. Son Pierre dormait comme un bienheureux. Sa présence le réveilla.

- Tu dois mal dormir dans ta grange du « bout du monde » ? fit-elle.

- Comme c'est chouette de profiter d'un bon lit… et d'une belle femme !

- Tu ne m'as pas dit la raison de ta visite ? A part m'embrasser bien sûr !

- Le chef désire voir « Charlus » ! C'est urgent…

- Demain jeudi, j'y vais !

- Y a-t-il du danger ?

- Aucun ! Je prends mon panier à provision et j'en profite pour remonter des victuailles au cas où mon réfractaire reviendrait bientôt !

- J'espère ! Qui sait ce que demain sera ?

La mission de Mathieu.

Chaque soir la belle cavalière se rendait à son rendez-vous. Elle partait dans la voiture de la gestapo avec son amoureux plus souvent en uniforme qu'en civil. Où allaient-ils ? Le sergent Guitoun désigna Mathieu Rigal pour en savoir plus. Le pont de la Cadène de même que le barrage de Sarrans étaient gardés en permanence par la gestapo. Il aurait été hasardeux de tenter d'y passer.

- Toi, qui connais bien le pays, tu franchiras la Truyère au gué en aval du lac et iras te cacher pour en savoir un peu plus. Ne te fais pas prendre !

Cette mission de confiance plut à Mathieu. Il aimait parcourir les forêts et les bois, escalader les pentes et les rochers. Il pensa : « Deux jours d'aventure en perspective à errer par monts et par vaux en toute liberté » et répondit, le sourire en coin :

- Oui, chef, à vos ordres !

Il attendit le lever du jour pour descendre le chemin escarpé et dangereux qui menait à la rivière, toujours étonné par la profondeur et la beauté de ces gorges. Il trouva le passage à gué qu'il s'empressa de franchir. L'usine électrique remplissait le lac en cette période de l'année et il put traverser presque à pied sec. L'étroit sentier qui permettait la remontée de l'autre côté était à deux pas. Il était difficile et abrupt. Des arbustes le sécurisaient. Mathieu s'y agrippait. Il glissa plusieurs fois et manqua d'être précipité dans le vide. C'est lui avec son frère qui avaient appris aux « étrangers » au pays à connaître et à grimper dans ces endroits très dangereux ; ce qui serait d'une grande utilité en cas d'attaque de l'ennemi. Il marcha longtemps à travers les bois et les pâtures du plateau. Vers la fin de l'après-midi, il se cacha près de la route qui mène à la presqu'île de Laussac et attendit. Il n'avait pas de montre mais il savait l'heure en regardant la hauteur du soleil.

La presqu'île de Laussac était un lieu de villégiature fort appréciée des gens de la ville. Deux hôtels-restaurants avec d'agréables terrasses au-dessus du lac, y prospéraient avant la guerre.

Mathieu était certain que le beau lieutenant amenait sa belle pour boire un verre dans un de ces établissements.

Vers dix-huit heures, le cabriolet Mercédès passa sur la route. Il se dirigeait à vive allure vers la presqu'île. Les deux passagers, cheveux au vent, appréciaient d'être éventés de la chaleur torride de cette fin d'après-midi d'été. Mathieu suivit des yeux le cabriolet qui s'engagea dans l'isthme. Il grimpa sur un rocher et à l'abri des halliers continua son observation. La Mercédès stationna devant l'hôtel « du lac ». Il apercevait mal la terrasse qui lui sembla déserte. Il décida de patienter. Il savait que la belle cavalière regagnait la ferme familiale avant la nuit. Il était impatient de constater combien de temps « les amoureux » passaient à l'hôtel.

Pour rendre plus confortable son attente qui se prolongeait, il s'aménagea une position demi-assise tout en haut de son observatoire. Il commençait à sommeiller quand il entendit un moteur vrombir. Le soir tombait. Là-bas au loin le ciel rougeoyait au-dessus du lac. La Mercédès recula et repartit dans le sens de sa venue.

- Bon, se dit-il, l'hôtel du lac est leur nid d'amour ! C'est une véritable liaison. Le chef sera fixé dans son opinion. Je n'ai plus qu'à regagner le « bout du monde ». La nuit va tomber et ce chemin est trop dangereux. Je dois me trouver un endroit pour me reposer en attendant le petit jour.

Il reprit le chemin inverse cheminant au-dessus du lac. Une brise légère le rafraîchissait. Des rougeoiements enflammaient le coucher du soleil de ce ciel d'été. Il avait accompli sa mission. Il lui montait une folle impression de liberté, de sérénité. Une grande lassitude l'enveloppa. Il s'allongea sur un lit de mousse au pied d'un chêne centenaire et s'endormit.

Perquisitions.

La voiture de la gestapo fit le tour du village de Mels. L'officier ralentit, s'arrêta un instant. Il parut admirer la charmante petite chapelle romane, nichée dans son écrin de verdure. Le véhicule continua au pas, passa sans s'arrêter devant le chemin qui mène au « bout du monde » et stationna devant la maison de la famille Rigal.

C'était une fermette basse à l'ancienne, construite en pierre brute. Une grange servait d'étable pour un pauvre cheptel comprenant au maximum deux vaches, cinq chèvres et cinq brebis. Un mur de pierres sèches entourait ce petit domaine d'environ un hectare qui s'inclinait en pente douce vers la rivière. Une barrière de bois branlante retenue à un piquet par un fil de fer, fermait l'ensemble. L'officier se tenait devant. Il observait les alentours. Son chauffeur était resté assis dans la voiture. Les chiens attachés à leurs niches, aboyèrent.

Lucienne Rigal égouttait son lait de chèvre pour fabriquer le fromage. Elle essuya ses mains à son tablier et sortit sur le pas de sa porte. Quand elle vit l'officier SS, elle faillit s'évanouir. Elle reprit courage. Ses deux fils ainés étant des réfractaires du STO, il fallait s'attendre un jour ou l'autre à avoir cette désagréable visite. Elle allait se battre, ne rien laisser voir. Elle était seule. Son mari rentrait le regain chez des fermiers du village, de même que ses deux fils cadets, quant à ses deux filles, elles étaient sorties pour des raisons qu'elle ignorait.

- Bonjour, Madame, fit la voix gutturale et hésitante. Kommt ! fit-il à son chauffeur. Je viens voir où sont vos deux fils Marcel et Mathieu… Ils devraient être en Allemagne et travailler pour le Reich.

Les deux Allemands poussèrent la barrière et vinrent se camper devant la pauvre femme. Un tremblement incoercible s'était emparé d'elle.

- Comment ? Ils n'y sont pas ? fit-elle, simulant l'étonnement.

- Nein ! Et vous le savez ! Vous les cachez dans votre ferme !

- Je le saurais et je vous le dirais !

Une mère sait mentir pour protéger ses enfants. L'officier sourit, incrédule, et haussa les épaules.

- Allons donc ! Nous allons jeter un coup d'œil !

Le ton était si rude qu'il était impressionnant.

Il fit signe à son sbire d'entrer dans la grange tandis qu'il forçait le passage, bousculant la pauvre femme, atterrée par tant de brutalité. Le SS inspecta la pièce principale. Elle était sombre, éclairée par une seule fenêtre. Les murs étaient jaunis, noircis par endroit par la fumée du feu de cheminée. Une grande table de bois était disposée au centre sur un sol inégal composé de grosses dalles de granit gris. Sur le côté, un coin sombre éclairé par une lucarne, servait de cuisine. Un vieil évier en pierre et un réchaud à gaz, à l'ancienne, en composaient l'ameublement. Il renifla. L'odeur ne lui plut pas. Des relents de cuisine et de fromages de chèvre flottaient dans l'atmosphère. Il se déplaça vers la cheminée. Elle occupait toute la largeur au fond de la pièce. On pouvait s'y assoir de chaque côté de l'âtre. Deux bancs de bois à dossier vertical y étaient disposés à cet usage. Un chaudron de fonte noire était suspendu à la crémaillère au-dessus du foyer. Il souleva le couvercle dans un geste qui se voulait plein de bonhommie. Le SS parut moins effrayant à la pauvre femme.

Il huma :

- Une soupe aux choux avec un petit salé, et ça sent bon ! dit-il, étonné. Vous, les Français la guerre ne vous affame pas.

- C'est la campagne ! On se débrouille pour ne pas manquer. C'est le cochon que nous avons élevé et ce sont des choux de notre potager !

Sa physionomie reprit son air renfrogné. Il continua son inspection. Il écarta le rideau de l'alcôve. Il donnait sur un lit haut et étroit pour deux personnes.

- C'est là que vous dormez ? dit-il, méprisant.

- Eh ! Oui, c'est notre lit !

Bravache, il sortit de la salle de séjour en jetant un dernier coup d'œil. Ses bottes talonnèrent rageusement les dalles de granit. De nouveau dans l'entrée, il monta quatre à quatre l'escalier de bois, très raide, en s'aidant de la rampe.

- Ils se cachent en général dans les combles !

Elle haussa les épaules et le suivit. Le grenier était aménagé en deux chambres, l'une pour les garçons, l'autre pour les filles. Il faisait sombre. Seules deux lucarnes et un œil de bœuf éclairaient les deux mansardes. Dans la chambre des garçons, quatre lits étaient disposés tout autour de la pièce. Il regarda sous les lits, ouvrit le grand placard. Personne ! Il se retourna, alla du côté filles. Dans cette pièce plus petite, un grand lit de fer était disposé au centre. Il inspecta les lieux avec la même méticulosité.

- Où sont-ils ? Rugit-il.

- Au S.T.O. ! répondit-elle avec la même placidité.

- Mensonge ! Vous savez où ils sont, et vous allez me le dire !

Elle resta figée, muette devant cette brutalité.

- Savez-vous que les réfractaires au S.T.O., risquent la déportation ?

- C'est la même chose. Dans les deux cas, ils seront des esclaves de l'Allemagne, dit-elle, en reprenant courage.

Un grognement de haine fut la seule réponse de l'officier qui courut rejoindre son adjoint dans la grange. Celui-ci descendait du grenier à foin par une échelle de bois branlante.

- Kein !

Ils repartirent en pestant sous les aboiements intempestifs des deux chiens de la ferme attachés devant leurs niches. Le cabriolet démarra en trombe.

La pauvre femme les regarda partir. Toute à son émotion, elle courut s'asseoir et pleura longtemps, accoudée à la table en se tenant la tête.

- Quand sera-t-on assez fort pour chasser cette peste noire ? se disait-elle entre ses dents.

La messagère.

Françoise ferma la grille de l'école et enjamba son vélo. Il faisait encore frais, mais la journée promettait d'être chaude. Ses sacoches étaient gonflées par des victuailles diverses en provenance de son jardin et de son poulailler. Avec ce lest, elle craignait la montée de Saint Symphorien sous le soleil. Il n'y avait pas de temps à perdre. Elle se laissa rouler sur la pente douce traversant le village. Le pharmacien ouvrait ses persiennes. Il s'arrêta pour la regarder passer.

- Quelle belle femme, pensa-t-il.

Il lui sourit.

- Bonjour ! Belle journée en perspective !

Elle lui rendit son sourire. C'était aussi un membre influent du conseil municipal et un parent d'un de ses élèves.

- Bonjour, monsieur Cossargue !

Il admira les fossettes qui creusaient ses joues lorsqu'elle souriait, le regard bleu dans lequel étincelait l'intelligence de l'esprit, la longue chevelure blonde qui flottait dans la brise matinale. Elle portait une robe légère à fleurs roses et rouges qui laissait entrevoir à chaque coup de pédale, au-dessus des jambes fines, de longues et belles cuisses. Il la suivit du regard pour ne rien perdre de cette splendide vision et constata que de belles fesses débordaient avec élégance de sa selle.

Elle pédala avec enthousiasme vers le clocher de Saint Symphorien quand, au détour de la route, s'imposa un barrage de la police française.

- Contrôle des papiers ! dit l'un des gendarmes.

- Laisse passer, fit le second.

- Tu ne contrôles pas les sacoches ? Son ami est signalé comme « réfractaire ».

- C'est l'instit de mon fils ! Allez ! Passez, mademoiselle !

« Ouf ! » se dit-elle. Les barrages de police, devenus fréquents, lui donnaient toujours des émotions. Son cœur battait à se rompre. Un arrêt à l'auberge s'imposait.

- Un café au lait avec des tartines de beurre, s'il vous plait !

Elle avait un grand besoin de souffler.

- Succédané de café, mais beurre et lait de la ferme du Val ! Sur la route ? Vous montez à Sainte ?

- Je profite de mon jour de congé pour aller voir mes futurs beaux-parents !

La patronne aurait bien ajouté « et donner un baiser à votre fiancé ! » Mais elle savait que Pierre avait pris le maquis. Valait mieux être discrète !

On apprenait le silence. Un seul mot de travers pouvait entraîner des investigations plus approfondies et se terminer par une déportation dont on ne savait pas si on en reviendrait un jour. Un enfant du pays, le fils Lacazes, réfractaire du S.T.O. avait été arrêté lors d'un simple contrôle d'identité. On était sans nouvelle depuis.

- A la prochaine !

Elle reprit son vélo et le poussa dans la côte. Il était vraiment trop lourd et ne possédait pas de dérailleur.

- J'ai toute cette longue journée d'été devant moi, et le retour sera facile, se dit-elle.

Elle n'arriva que vers onze heures trente chez ses beaux-parents. Le magasin, pourtant à l'heure de pointe, était désert. Le père Cazes exultait :

- Plus de marchandises, donc plus de clients ! Les gens produisent leurs aliments. Si ça continue, on va fermer la boutique.

- Allez, la guerre sera bientôt finie ! Les Allemands perdent du terrain partout…

- Ah ! Françoise, si vous pouviez dire vrai !

Ils mangèrent ensemble. La belle cycliste laissa passer la chaleur du début d'après-midi. Elle enfourcha sa bicyclette en direction de Mels, qui était dans son esprit la porte du « bout du monde ». Elle descendit le village à vive allure et cacha son vélo au début du bois. L'étroit chemin était barré de ronces ; elle ne voulait pas risquer une crevaison. La sentinelle l'aperçut. Elle siffla d'admiration puis siffla trois fois pour signaler une arrivée amie.

- Salut ! lui fit-elle.

Elle passa son chemin sous l'œil admiratif du résistant. La clairière fut vite atteinte. Une dizaine de maquisards étaient présents assis en cercle sur des pierres inégales. Une partie de tarot semblait les passionner.

- Bonjour, je vous apporte des victuailles !

- Quel bon vent amène la messagère ?

- Rien de grave, rassurez-vous !

Elle remit ses sacoches au « cuistot », du moins à celui qu'on avait nommé ainsi parce qu'il était serveur dans un restaurant parisien.

- Où est Pierre, et le chef ?

- Ils sont dans la grange. Ils soignent Mathieu.

- Qu'est-ce qu'il a ?

- Il s'est blessé en revenant de mission : Rien de grave, semble-t-il !

Elle se rendit à la grange accompagnée d'un volontaire. Mathieu gisait sur un lit improvisé. Une large plaie s'étendait sur son genou droit, gonflé et tuméfié.

Elle embrassa son fiancé qui l'étreignit longuement sous les moqueries et les quolibets des présents. Ils abrégèrent leur étreinte.

- Laissez-moi faire, fit-elle. Je vais panser ce grand blessé !

Leur armoire à pharmacie était simple. Elle désinfecta largement avec de l'alcool à soixante-dix degrés. Mathieu criait, sautait en riant :

- Ouille ! Ouille ! répétait-il !

- Qu'ils sont douillets ces garçons ! Si tu cries pour ça, tu ne résisteras jamais à un interrogatoire de la gestapo.

- Je ne parlerai pas, je le jure !

Il se calma et Françoise le pansa dans les règles de l'art. Elle demanda au chef un entretien secret. Ils marchèrent ensemble vers la falaise. Le soleil était encore haut dans le ciel. Ils se mirent à l'ombre d'un grand chêne.

- Le capitaine Charlus arrivera bientôt. De nombreux barrages de police et de la gestapo entravent sa route. Il est obligé de couper à travers champs, quelquefois il se perd. Mais, il commence à bien connaître le pays.

Elle alla retrouver Pierre. Ils s'éloignèrent, se promenant main dans la main au-dessus des falaises dont la beauté était propice à l'amour. Un tapis de mousse entre deux gros rochers accueillit leurs ébats.

Conseil de guerre.

Charlus arriva à la tombée de la nuit. Il était épuisé par une longue marche à travers les prairies et les landes de ce pays magnifique. Il se restaura de viandes froides et de pommes de terre cuites dans la cendre du feu de camp. Il se coupait de fines tranches de tome du pays qui fondaient sur les pommes de terre chaudes. Il goutta le vin blanc de la vigne de Deneyrouze qu'une fille Rigal venait d'apporter dans l'après-midi.

Son visage requinqué s'éclaira à la lumière d'une flamme intérieure, vive et vivante. La certitude de combattre pour une noble cause s'exprimait dans la sérénité de ses traits réguliers, de son port de tête, de son regard clair et franc qui donnait à ses hommes l'impression de s'élever vers les cimes de la pensée. Sa présence remettait du baume au cœur des maquisards qui auraient pu se croire abandonnés au bout du monde. En eux renaissait soudain l'espoir de pouvoir bientôt chasser l'envahisseur, et plus encore ! On luttait contre des forces obscurantistes, contre la violence du racisme et de l'antisémitisme imposée au gouvernement de Vichy par les nazis. Cette France courbant le dos serait bientôt libérée de ce joug déshonorant pour redevenir la France des libertés et des droits de l'homme rayonnant sur le monde entier par son exemple. Non seulement ce combat était nécessaire, il était juste. Nul ne pouvait s'y dérober parce que c'était l'honneur des Français de relever la tête pour participer à leur libération. Quand face au drapeau Charlus chantait la Marseillaise, ses hommes savaient qu'au-delà de l'hymne patriotique, ils chantaient avec lui l'hymne de la liberté et de la dignité de toute l'humanité.

On ranima le feu de camp à la nuit tombante. La clairière s'éclaira de la lumière orangée du crépuscule. Le capitaine Charlus ordonna à l'ensemble du groupe de se réunir autour de lui. Seules deux sentinelles, relayées toutes les heures étaient restées à leurs postes.

Il parla d'une voix ferme :

- Je suis porteur de bonnes nouvelles : les Allemands reculent sur tous les fronts. Je ne reviens pas sur leur cuisante défaite de Stalingrad où tout un corps d'armée a été anéanti ! Depuis l'armée russe regagne du terrain. Les alliés et la France libre ont libéré l'Afrique du Nord, ils ont débarqué en Sicile et en Italie où ils progressent chaque jour. Il faut s'attendre dans un futur proche à des débarquements en Provence et au Nord, Manche ou mer du Nord.

« Dans cette optique pour infliger des pertes à l'ennemi et empêcher ses déplacements d'un front vers l'autre, l'armée de l'intérieur sera équipée. Des parachutages auront lieu courant novembre. Je tiens cette information de Charlet qui rentre de Londres. Churchill l'a promis à de Gaulle. Il y aura non seulement des armes, mais aussi des vêtements, des rangers et des vivres. Ce matériel est destiné à équiper une armée de l'intérieur qui attaquera à l'heure dite les divisions allemandes. Ces armes ne doivent pas servir à des actions individuelles, des attaques locales ou à des règlements de compte contre de supposés « collabos ». De tels raids ne serviraient à rien et pourraient entraîner la réprobation de la population. Toute désobéissance grave sera durement sanctionnée. Le coupable pourrait être traduit devant un conseil de guerre.

« Les parachutages auront lieu sur le plateau de Cantoin. Ils ne sont pas possibles ici sur ce piton escarpé. Le vent pourrait pousser les containers vers les précipices où il serait difficile voire impossible de les récupérer La dizaine de résistants du pays parmi lesquels Pierre, André et Marcel iront repérer et installer des endroits propices à cette nouvelle phase de notre combat. »

André demanda la parole :

- Je connais une ferme inoccupée et par conséquent disponible. La veuve qui y habitait, est partie chez ses enfants cafetiers-bougnats à Paris. Il est fort probable qu'elle n'y reviendra pas avant la fin de la guerre. Elle a confié ses prés et ses quelques têtes de bovins à mon père. La ferme et ses bâtiments sont libres. La Bastide, c'est son nom, est situé à deux kilomètres de la route départementale et seul un chemin de terre empierré y monte. C'est un lieu discret et tranquille sur le plateau à environ mille mètres d'altitude. Il y fera froid, mais une forêt toute proche nous fournira le bois de chauffage.

- Bien, dès demain matin, tu emmèneras une dizaine d'hommes avec toi pour prendre possession des lieux et commencer l'installation de tout le groupe… si c'est possible. Les parachutages auront lieu sur ce plateau. Je le note pour le transmettre au quartier général.

« La seconde question à résoudre est plus urgente. Elle est importante et grave ; elle motive à elle seule mon déplacement de ce soir. C'est le cas de cette jeune fille du pays qui fréquente un officier SS. Est-il véridique que cette liaison est réelle et avérée ? »

Il y eut un « oui » unanime. Seul André se tut.

- Comment s'appelle-t-elle ? J'ai oublié son nom !

- Clara Guidicelli !

- Y a-t-il un réel danger de dénonciation des réfractaires du S.T.O. et des résistants en général ?

- Pour l'instant, nous n'avons pas été menacés. Mais, nous avons peur qu'elle livre des informations.

- Seules des perquisitions chez les parents des réfractaires ont été faites. On peut dire que c'est une procédure normale. D'ailleurs, plusieurs ont été pincés ainsi dans le département. Ils se cachaient dans une cave, un bâtiment ou un grenier. Si vous rendez visite à vos parents, soyez discrets et n'y séjournez pas longtemps.

Marcel Rigal intervint :

- Le père Guidicelli a toujours manifesté sa sympathie pour Mussolini. Il a applaudi son alliance avec Hitler. Je le sais. J'ai travaillé chez eux et des discussions violentes ont scellé nos désaccords. Ce sont des collabos. Fernando, le fils, est le seul du pays de la classe 1940 à être parti au S.T.O., et à manifester en public, au café de la place, sa fierté et sa certitude de s'engager pour une bonne cause. Clara, c'est certain, va nous vendre ! Elle nous dénoncera… Le SS saura la faire parler, si ce n'est pas déjà fait !

- Il faut donc abandonner notre repaire du bout du monde, fit une voix anonyme.

Marcel se leva et reprit la parole :

- Les traîtres, en temps de guerre, méritent la peine de mort ! Je me porte volontaire pour la descendre le plus vite possible, c'est-à-dire avant qu'elle parle, qu'elle livre les détails qui feront notre perte !

- O, la, la, pas si vite ! Cette décision m'appartient, à moi seul votre commandant ! Elle doit être mûrement réfléchie ! Je n'ai pas le droit de me tromper sur une question aussi importante !

André intervint :

- Vous n'allez pas descendre cette fille ! Ce serait un crime qui jetterait l'opprobre sur toute la résistance !

Marcel reprit d'une voix forte, sévère et solennelle :

- Je te dis que ce sont des traîtres qui mettent en danger notre réseau. Il est urgent de crever l'abcès.

- Aimer n'est pas un crime ! Quelles preuves avons-nous de sa traîtrise ? Ne serait-il pas plus intelligent de la retourner et de s'en servir comme informatrice ?

- On dirait que tu ne les connais pas ! C'est impossible. Ils en veulent à tout le pays. Ce sont des traîtres, des fachos, des collabos… Il n'y a pas à tergiverser : les traîtres en temps de guerre, on les fusille !

Charlus laissait aller la discussion. Il écoutait et invitait chacun à donner son avis.

Pierre disait :

- On ne peut pas descendre cette fille que l'on a toujours connue, avec qui on a dansé aux fêtes des villages ! Ce serait une infamie !

Tandis qu'un autre, pris de panique, disait :

- Il faut l'éliminer avant qu'elle parle !

- Sûr qu'elle finira par nous vendre !

- C'est, en effet, un dilemme, un drame cornélien !

Seul André bataillait ferme pour la sauver :

- C'est une sauvageonne. Elle est fière et orgueilleuse. Elle a refusé tous les jeunes du canton qui l'ont courtisée. Moi le premier ! Mais, je suis sûr qu'elle est droite et franche, et qu'elle ne nous trahira pas. Elle est française, se sent française, elle est née dans notre pays, dans notre canton, à la ferme de Beauregard ; elle est allée à l'école de la commune, avec nous. Ce serait un crime abominable de la tuer.

- Tu vas sacrifier notre maquis, quarante volontaires, patriotes, résistants pour l'amour hypothétique de cette fille ? Ce n'est pas raisonnable !

- Cette relation avec le SS n'est peut-être qu'une passade sans importance, glissa Pierre.

André s'énerva :

- C'est vrai, j'ai été amoureux d'elle ! Elle m'a toujours refusé. C'est son droit. J'ai au fond de moi l'espoir qu'elle changera d'avis. L'officier SS partira vers un autre pays où il fera d'autres conquêtes féminines. Je serai là pour panser ses blessures et sa peine. Je vous en supplie : ne la tuez pas. On n'a pas le droit de tuer les gens à cause de leurs fréquentations. Ce serait un crime qui jetterait l'opprobre sur chacun de nous !

Un silence angoissant suivit. Le feu était tombé. Seules quelques braises rougeoyaient, attisées par la brise nocturne. La nuit était noire. Les hommes frissonnèrent d'effroi et de froid. Des animaux sauvages, renards, fouines, buses ou hiboux, crièrent dans le noir. Leurs proies hurlèrent à leur capture, en présumant de leur mort imminente.

Le capitaine Charlus alluma une cigarette. La flamme de son briquet éclaira son visage en proie à une profonde réflexion. Ses traits étaient tirés. Il avait subitement vieilli. On lisait sur sa physionomie non seulement la fatigue et l'épuisement provoqués par cette vie de combats, de déplacements incessants dans la clandestinité, mais aussi la difficulté, la lourdeur de ce fardeau : prendre une décision irréversible, seul ! Prendre la décision fatale qui sera de toute façon mauvaise parce que d'un côté, elle préserverait ce réseau de résistance, ces quarante hommes, prêts à l'action, et, de l'autre, elle prononcerait l'arrêt de mort d'une jeune femme dont le seul crime était d'aimer. Il présumait que cette exécution, fût-elle rendue nécessaire à défaut d'être juste, serait mal perçue par l'opinion publique. Il devait trancher dans le vif ! L'homme d'action au jugement logique et clair était désarçonné. Il s'accorda un moment pour délibérer dans le fond de sa conscience…

Comme pour alléger ces lourdes minutes de silence, deux hommes se levèrent, saisirent par chaque bout un tronc d'arbre mort et le jetèrent sur les braises. Le feu crépita. Des flammes s'élevèrent du foyer, réchauffa les cœurs. A la clarté revenue, on reprit confiance. Ils étaient tous là, solidaires et attendaient la parole du chef. Pierre remplit les verres du reste de vin blanc.

- Il n'y en a plus. Panne sèche, dit-il.

Ils sourirent… La pénurie était quotidienne.

- C'est mieux, l'ivresse est mauvaise conseillère !

Charlus se leva :

- Est-elle capable de vous dénoncer à la gestapo et d'entraîner la destruction de notre maquis « du bout du monde » ?

Une voix anonyme répondit dans le noir :

- Oui ! J'en suis persuadé ! Elle en est fort capable. Tout le suggère, c'est certain !

La balle était dans le camp de Charlus. Quarante paires d'yeux scrutaient son visage buriné et vieilli. Ses épaules s'étaient affaissées comme s'il peinait à porter seul ce fardeau. Soudain sa voix parla nette dans l'obscurité :

- J'ai réfléchi. Décision difficile et lourde ! Elle ne m'est pas agréable. Sa gravité me donne froid dans le dos. Il faut avant tout préserver ce maquis, fort de quarante gars, décidés à se battre pour libérer notre patrie, la France. Vous allez bientôt être équipés d'armes légères et lourdes, d'uniformes de combat. Vous êtes sur ce plateau de la Viadène, la charnière avec les groupes du Lioran et ceux du Mont Mouchel. Ce n'est pas les amours d'une fille, fut-elle française, avec un ennemi, de plus officier SS, qui va foutre le bordel dans la constitution de cette armée de l'intérieur en Auvergne. Par conséquent, (il pesa ses mots) j'ordonne… l'exécution de cette femme nommée Clara Guidicelli.

L'assemblée sentit avec quelle difficulté leur chef prononça ses derniers mots. Le ton autoritaire et grave s'était assourdi, comme étranglé par l'émotion et l'angoisse. Sa voix s'était coincée sur ces mots : « j'ordonne l'exécution » et plus encore sur le nom de la condamnée à mort : « Clara Guidicelli » si difficile à nommer qu'il fut presque inaudible.

Cependant, la parole du capitaine Charlus, dramatique dans la nuit, en imposait à toute l'assemblée qui se tut devant la gravité de ce verdict sans appel.

Des larmes sourdaient aux yeux d'André. Sa gorge sèche était serrée comme dans un étau. Il aurait voulu reprendre la parole, tenter une nouvelle défense, puiser au fond de son cœur de nouveaux arguments, obtenir un sursis. Le nœud de sa gorge l'en empêchait. Il avait honte de ses pleurs, de son hébétude devant ce cataclysme qui ruinait ses rêves, ses illusions, sa vie. Seul Pierre, à son côté, comprenait son désespoir. Les autres ! Ils étaient tous contre lui… Du sang, du sang ! Voilà ce qu'ils voulaient ! Ils se vengeaient de leur humiliation de proscrits, de leur misère de maquisards en sacrifiant une jeune femme !

L'ordre était donné. Comme des petits soldats qu'ils devenaient au fil des jours, ils devaient obéir à cette autorité suprême, le commandement, la hiérarchie, le quartier général. L'insoumis, le réfractaire aux autorités de Vichy et au Reich, était happé dans la soumission à l'organisation militaire de l'armée de l'intérieur. Il n'était plus un individu qui sauvait sa liberté, il était désormais un soldat qui combattait et obéissait pour une entité dont il comprenait la nécessité dans ce contexte, mais qui le dépassait : l'honneur de leur patrie, la France.

Charlus, comme écrasé par ses dernières paroles, reprit son souffle. Il insista :

- Cette exécution aura lieu dans les plus brefs délais. Tergiverser ne servirait à rien ; temporiser augmenterait les risques de dénonciation et par conséquent, de destruction de notre réseau. Donc, j'ordonne cette exécution pour demain, si les circonstances la rendent possible. Elle sera commandée par le sergent-chef Guitoun. Il demandera ou désignera trois volontaires. Les gars du pays seront exclus de cette mission ! N'en déplaise à Marcel ! Cela ne doit pas ressembler à une vengeance, ni à un règlement de compte ; c'est une exécution patriotique afin de préserver notre réseau de combattants. Trois volontaires aguerris au maniement des armes, seront pourvus de fusils d'assauts, deux pourvus de balles réelles, un avec des balles à blanc de façon à ce que le doute persiste dans leur esprit comme dans celui de leurs camarades, sur les exécutants réels. Cet ordre sera exécuté sur le trajet de retour de la cavalière. Des questions ?

L'assemblée demeura muette. Seule la voix du sergent-chef retentit dans le silence de la nuit :

- A vos ordres, mon capitaine !

- Les gars du pays commandés par André partiront demain matin à l'aube avec leurs bardas pour prendre possession de la Bastide. Vous êtes dix, je crois ?

- Oui, répondit Pierre.

- C'est amplement suffisant !

- Les autres abandonneront le « bout du monde » après-demain. Vous détruirez toute trace de votre séjour ici, dans la mesure du possible. Vous effacerez tout indice d'occupation par un maquis. Rompez, il est bien tard et il est l'heure de se reposer !

Le capitaine et le sergent-chef s'entretinrent jusqu'à une heure avancée de la nuit. Charlus rappela les conseils pour diriger quarante hommes isolés le plus souvent de leurs familles, oisifs que l'ennui et le désespoir peuvent assaillir. Il était important de les occuper par des travaux, des missions même anodines, des entraînements sportifs et militaires. S'ils ne s'occupaient pas eux-mêmes de leurs loisirs, il fallait désigner ou trouver un volontaire chargé de les organiser. Les discordes, les conflits étaient souvent provoqués par le découragement, l'oisiveté et l'ennui. Le seul moyen d'y remédier était l'organisation de l'action, et de moments de détente et de partage dans la joie et le bonheur de vivre ensemble.

L'exécution aura-telle lieu ?

André dormait dans la grotte numéro un avec neuf autres camarades. Tous étaient originaires du plateau de la Viadène. Il avait été nommé chef de cette dizaine d'hommes avec le rang de caporal ; Pierre avait décliné cet honneur.

C'était la dernière initiative du capitaine Charlus : organiser les combattants par groupe de dix ou douze avec un responsable. Ces groupes se formaient d'eux-mêmes par affinité et choisissaient leur chef.

La grotte numéro un était vaste. On y pénétrait par un étroit goulot qui obligeait les hommes à ramper ou à marcher à quatre pattes sur quelques mètres. Sauf cet inconvénient, elle était confortable. La température y était constante et agréable, l'hiver comme l'été. Le vent n'y pénétrait pas. On y avait installé des grabats de paille et de foin. On s'y éclairait avec les moyens du bord, briquet, bougie ou lampe à pétrole ; l'obscurité, même en plein jour, y était totale.

Au début, un garde se tenait à l'entrée. Il pouvait s'asseoir sur une pierre le dos appuyé à la paroi de la falaise. Il avait devant lui l'immensité des gorges de la Truyère. Il épiait les bruits de la nuit, cris d'animaux sauvages dans le lointain pour rester éveillé. Après une veille d'une heure ou deux, le calme sous la voute étoilée entrainait le gardien dans un profond sommeil. On jugea cette précaution inutile d'autant que deux sentinelles, relayées toutes les trois heures, étaient postées à l'entrée de leur repaire.

Les inquiétudes générées par les amours « illicites et dangereuses » de Clara firent renforcer les guetteurs. On savait que l'armée allemande ou la gestapo encerclaient les maquis en fin de nuit. Les gardes à l'entrée des grottes furent rétablis tandis qu'un autre posté sur un rocher dominant le chemin de fuite dans la falaise, fut institué.

Le sergent-chef Guitoun était inquiet. Outre ces nouvelles craintes, cette mission lui déplaisait beaucoup. En grand secret et à contre cœur, il avait désigné les trois hommes. Il les avait choisis en fonction de leur expérience dans des combats précédents pour la liberté. C'étaient des hommes solides et disciplinés. Même Charlus ne savait pas quels seraient les exécutants. Il avait une totale confiance dans son subalterne. Les trois fusils étaient prêts. Seules les balles seraient distribuées au dernier moment. Guitoun n'arrivait pas à s'endormir dans la grotte numéro deux. Il avait l'impression de commettre une mauvaise action, un crime. Son honneur de soldat était en cause. Il ne pouvait pas cependant se dérober à cet ordre, fut-il une épouvantable mission.

André se tournait et se retournait sur son grabat de paille. L'insomnie le guettait. Déjà des remords l'assaillaient. Il se reprochait de ne pas avoir été assez éloquent, de ne pas s'être suffisamment battu pour convaincre l'assemblée et surtout le capitaine « Charlus » de l'inanité de cet acte. Il revoyait Clara dans sa robe blanche de première communiante avec son grand sourire qui creusait deux jolies fossettes sur ses joues roses de petite fille. Il n'était pas loin derrière elle, admirant sa longue chevelure brune. Il percevait sa voix mélodieuse quand elle chantait les cantiques. Il se souvint de leur première rencontre sur la route de Beauregard. Il la revoyait danser avec ce hobereau qui voulait l'épouser, comment l'ourlet de sa robe blanche se balançait en cadence au-dessus de ses jambes fines. Il la sentait encore dans ses bras, distante et revêche, quand ils dansaient ensemble leur premier tango, leur première valse ; et quand elle chevauchait sa belle jument, ne voyait-il pas, lui André, une duchesse ou une reine, tout droit sortie de son conte de fée ? On allait anéantir cette vie, ce trésor de vie ! Il avait suffi d'un tribunal improvisé dans la clairière d'une forêt cachée « au bout du monde », pour décider en un instant de l'arrêt de mort d'un tel trésor ? Etait-il encore possible de la sauver ? Pourrait-il en pleine nuit aller la prévenir ! Qu'elle n'aille pas à son rendez-vous de dix-sept heures, qu'elle n'y aille plus jamais ? Beauregard n'était pas si loin ! Il pouvait se lever en catimini, sortir du maquis sans réveiller le garde et courir jusqu'au castelou ! Les chiens aboieraient… Et, par l'entrebâillement d'un volet, il préviendrait les Guidicelli du danger de mort qui planait au-dessus de la tête de leur fille…

Non ! Il ne pouvait pas faire ça… Il était réduit à l'impuissance ! Ce serait trahir son groupe, son maquis, ses amis ! La confiance qu'il éprouvait envers cette fille était faillible. Leur maquis, la vie de quarante hommes seraient anéantis par son aveuglement, sa passion déraisonnable envers cette femme… car il était facile pour la gestapo de les prendre au petit jour malgré toutes les précautions prises !

Charlus, Guitoun, les autres avaient tous confiance en lui. Demain, il avait été investi d'une mission importante : conduire les « gars de la Viadène » à la Bastide par des chemins détournés qu'il était le seul ou presque à connaître. Quel lien avait-il avec cette fille ? Aucun, sinon ceux de son cœur, de ses rêves et de son imagination fertile dès qu'il s'agissait d'évoquer Clara. Elle l'avait toujours refusé, méprisé avec sa moue de fille butée ! Elle n'était pour lui qu'une illusion, qu'un rêve, que l'illusion de son rêve. « Allez ! Dors, se dit-il, ce problème te dépasse, il t'échappe. Tu ne peux pas le résoudre, c'est comme la guerre ou le S.T.O. Tu n'es qu'une fourmi perdue dans le vaste univers. Tu n'as, et tu n'auras jamais aucune prise sur les problèmes planétaires. Ta liberté individuelle est amputée par les devoirs et les règles qui t'attachent à ton groupe de maquisards et bientôt à la discipline de l'armée de l'intérieur, branche de l'armée française. Dors, je te dis !»

Il s'endormit.

Il se réveilla tôt. Une brume matinale ouatait la clairière et les arbres. Le « cuistot » chauffait l'eau pour le succédané de café. Il tenta d'approcher le chef. Celui-ci refusa d'aborder le sujet. Hier était dépassé. Il lui répéta brièvement l'ordre du jour ! Il était de se rendre à la Bastide pour les dix gars du pays par des chemins détournés en évitant les routes pour ne pas éveiller l'attention. Guitoun insista : L'objectif d'André et de sa troupe était de prendre possession de cette ferme, de commencer à l'installer, de la nettoyer pour y loger quarante hommes pendant le long hiver qui se promettait d'être glacial à cette altitude. Il aviserait ensuite.

Le reste des compagnons les rejoindrait dans les jours suivants. On reconnaitrait les prés où auraient lieu les parachutages.

André chargea son barda (une couverture et quelques vêtements) sur son dos. Il partit la mort dans l'âme. Il connaissait parfaitement le terrain, les sentiers et les gués. Pierre était à son côté. Son groupe le suivait de loin en loin afin que personne ne puisse s'égarer.

Il obliqua vers la gauche pour marcher dans les pâtures surplombant le lac de Sarrans. La brume matinale se dissipait sur les hauteurs pour ne se cantonner que dans les fonds des vallées. L'automne avait pris ses belles couleurs. Les feuilles des châtaigniers, des chênes et des frênes rougeoyaient dans le ciel d'azur. La rosée trempait leurs chaussures. Pierre regardait André marcher en silence. Son visage était fermé, une ride barrait son front. Il semblait découragé. André pensait que bientôt, ils ne seraient plus seulement que des proscrits, que des réfractaires, ils seraient aussi des criminels ! Etaient-ils une armée de l'ombre qui allait « bouter » les ennemis hors de France ? Il doutait. Il était fatigué de cette vie d'attente. Les armes promises arriveraient-elles un jour ? Puis, un sourire se dessinait sur ses lèvres, ses yeux étincelaient de nouveau, il pensait :

- Non ! Ce n'est pas possible, ils ne peuvent pas la tuer. Un contre-ordre arrivera à temps. Elle ne viendra pas à son rendez-vous avec l'amour mais aussi avec la mort. Une force supérieure l'avertira, la protègera… N'a-t-on pas un ange-gardien, censé nous protéger ? Le destin de « la belle cavalière » ne peut pas s'arrêter au retour de son rendez-vous d'amour d'aujourd'hui, fut-il coupable aux yeux de tous.

Il levait les yeux au ciel, paraissait prier les puissances supérieures, Dieu ! Partout présent… La beauté de la nature, des paysages, de cette forêt multicolore, de ce lac immense au-dessous d'eux, le prouvait. Il reprenait courage. L'espoir renaissait sur son visage. Il regardait Pierre qui se taisait. Les états d'âme d'André se communiquaient à Pierre, l'atteignaient au plus profond de son âme. Pierre lui souriait et pensait :

- Demain, nous serons des héros. Solidement armés, vêtus de treillis, et chaussés de rangers, nous attaquerons l'ennemi et le mettrons en fuite.

Puis à voix haute :

- Regarde le châtaignier plus bas, à l'orée de la forêt. Allons voir si les premières châtaignes sont tombées.

Ils descendirent vers la forêt. Les autres qui suivaient à distance avec leurs maigres bardas sur les épaules, s'arrêtèrent :

- Où vont-ils ? Ils se trompent ?

Ils avancèrent. En découvrant le châtaignier, ils posèrent leurs baluchons et dévalèrent la pente.

- Les premières châtaignes !

- On va les griller ce soir dans la cheminée !

La joie illuminait leurs visages. Ils ne se sentaient plus des fugitifs qu'un décret inique de Vichy obligeait à prendre le maquis ! Soudain, la certitude de pouvoir griller des châtaignes au coin du feu comme lorsqu'ils étaient enfants faisait monter en eux un désir de liberté dans un monde nouveau où on pourrait vivre et travailler, où l'ennemi, anéanti, serait rentré chez lui.

Les châtaignes remplirent les poches et les sacs.

Devant cet enthousiasme collectif, André déclama :

- Et ce n'est pas fini ! Je connais un noyer sur une pâture de mon père. Nous ferons un détour pour voir si le vent a mis à terre les premières noix !

Le chemin était long. Ils s'arrêtèrent plusieurs fois pour se reposer. Il fallut descendre dans des gorges profondes. Un torrent y dévalait en cascades bruyantes sous les frondaisons d'aulnes et de saules. Leurs eaux cristallines scintillaient quand le soleil s'infiltrait sous le feuillage. Ils rafraîchirent leurs visages inondés de sueur et remplirent leurs gourdes de l'eau fraîche et revigorante. Une envie soudaine de se baigner les sollicita. Ils avisèrent un endroit plus profond sous une grande chute et constituèrent un barrage pour augmenter le niveau de cette baignoire naturelle. Certains ôtèrent leurs vêtements et plongèrent en s'aspergeant et en riant dans ce trou aux pierres glissantes. La fraîcheur de l'eau les engageait à ressortir vite. Certains replongèrent plusieurs fois tandis que d'autres plus sages se rhabillaient sans attendre. André et Pierre les regardaient jouer. Un sourire indulgent se dessinait sur leurs lèvres. Puis ils sonnèrent le rassemblement.

- En route, les jours sont courts à cette saison et il faut arriver avant la nuit. A ma connaissance l'électricité n'est pas encore arrivée dans ce lieu éloigné des bourgs.

Ils remontèrent de l'autre côté du gué en se faufilant à travers les taillis et arrivèrent sur le plateau herbeux. Les gars étaient joyeux. Cette baignade les avait vivifiés. Un toit les attendait et un avenir plein de promesses et d'action se profilait. Le « bout du monde », malgré la beauté du site, commençait à leur peser. Ils s'y sentaient reclus. Ce changement venait à point.

Seul André continuait à ruminer ses idées noires. Malgré tous ses efforts pour les chasser, elles s'imposaient : « S'ils ne la tuent pas aujourd'hui, se disait-il, ils la tueront demain. » Cette hypothèse le dépassait. Il ne comprenait pas !

Pierre s'arrêta soudain. Deux oreilles dressées dépassaient de l'herbe à environ cent mètres. En chasseur chevronné, il arma le vieux fusil de chasse que lui avait confié son père. Il interrogea André du regard. La réponse fut affirmative. Ils s'approchèrent sans bruit, retenant leur souffle. L'animal aux aguets détalerait bientôt. Il ne devait pas le louper. Son honneur et la subsistance du maquis étaient en jeu !

Le lièvre huma l'air, orienta ses oreilles une fois à droite, une fois à gauche. Il prenait conscience du danger. Seule la fuite pourrait le sauver ! Il démarra en trombe, prit sa course à ras du sol. Il fila en droite ligne puis vira brusquement à angle droit. Le canon du fusil suivait la trajectoire attendant l'instant propice. Pierre l'ajusta. Pan ! Le coup partit, précis ; le lièvre fit une galipette ; mort !

- Bravo ! Un coup de maître ! Ce n'était pas si facile de le tirer avec les dénivellations du terrain. Dix mètres de plus et il était sauvé, le félicita André.

Il avait retrouvé le sourire. Sa morosité avait disparu. Cet évènement impromptu avait changé son humeur.

Les autres accoururent aux nouvelles.

- C'est une belle bête ! Six à huit kilos ! Caresse sa fourrure ! Quelle belle couleur fauve et quelle douceur ! fit Mathieu.

Son frère Marcel prit son baluchon et Mathieu chargea l'animal sur ses épaules la main droite retenait les pattes avant, la gauche les pattes arrière.

Ils traversèrent la petite route pierreuse qui va de Cantoin à Vines. Personne à l'horizon ! Ils reprirent leur cheminement à travers les pâtures. On était désormais dans le domaine de la famille Paulhac.

- Le noyer est par là !

- Si on prend les noix de ton père, il ne va pas être content, dit Pierre.

- Ne t'inquiète pas. Si on ne les ramasse pas, il viendra les ramasser et nous les fera porter. Il saura vite qu'on est à la Bastide ! L'instinct des propriétaires terriens !

Le haut noyer leur apparut peu à peu. Il était dans un creux de pâture. Ils reconnurent le large feuillage qui commençait à se faner. Les feuilles mortes s'amoncelaient tout autour et cachaient les noix.

Certaines étaient encore dans leur enveloppe. Ils en ramassèrent quelques-unes.

- Il faudra revenir. Toutes ne sont pas tombées.

André les fit obliquer vers le sud-est. La Bastide n'était plus loin. Par bonheur, car plusieurs d'entre eux avaient les pieds en feu. La fatigue leur courbait le dos. Ils arrivèrent juste avant la tombée de la nuit.

L'installation à la Bastide

C'était un lieu désolé, loin de tout, sur un plateau venteux à plus de mille mètres d'altitude. L'étroite route en terre qui y menait était envahie par des herbes et des genêts. Des ornières remplies par l'eau de la dernière averse, la parsemaient. La haute façade à un étage était grise. Des volets de bois bleu-grisâtre, fermés, à la peinture écaillée commençaient à se disloquer.

André clicha la poignée de la porte principale. Elle était fermée. Il introduisit un tournevis dans la serrure. Le pêne ne résista pas longtemps à ses mains adroites et la porte s'ouvrit. L'obscurité, le froid humide, le silence leur firent mauvaise impression. Une grande salle de séjour avec sa table centrale, ses deux bancs, sa cheminée monumentale s'étendait sous leurs yeux étonnés. Elle se distribuait sur deux alcôves avec leurs grands lits.

- On va être chez nous.
- Il fait froid là-dedans !
- C'est humide !
- Allumons une flambée dans la cheminée, ordonna André.

Ils ouvrirent les volets des deux grandes fenêtres. La Bastide, à cette époque, n'avait pas l'électricité. Un puits en service avec une pompe à bras procurait toute l'eau nécessaire. On s'éclairait avec le feu de cheminée, parfois avec une lampe à pétrole.

Derrière le bâtiment principal, une dizaine de stères de bois était entreposée dans un bûcher ouvert aux vents. C'était du bon bois de chauffage bien sec. Ils transportèrent quelques bûches et allumèrent le feu. Les flammes crépitèrent tandis que trois d'entre eux rassemblaient des victuailles pour faire une soupe dans le grand chaudron suspendu à la crémaillère.

Les autres profitaient du reste du jour pour explorer les dépendances : étable, écurie, poulailler, fenils et greniers. On pouvait séjourner à quarante, voir à cinquante dans cette ferme abandonnée pendant tout un hiver.

Malgré la fraîcheur, ce crépuscule d'automne leur parut d'une réelle beauté. Une douce pénombre envahit l'espace.

André s'isolait. Les rires et les blagues de ses compagnons l'agaçaient. Il s'était assis à l'écart sur le banc de pierres de la cour. Il songeait. C'était l'heure où « la belle cavalière », lasse d'amour, donnait un dernier baiser à son amant, détachait sa jument, et dans un geste plein de maestria, l'enjambait. Son amant, talons serrés, dans une attitude martiale tenait la bride du cheval. Clara d'une petite talonnade commandait à l'animal de prendre son essor. Les bras des deux amants s'élevaient dans un accord parfait pour se dire : « au revoir. » Au revoir ! Certains qu'ils se reverraient, qu'ils s'enlaceraient de nouveau dans un amour de jour en jour plus fusionnel… Certains que ce n'était qu'un au revoir et pas un adieu ! Il lui lançait encore un baiser de sa main droite ne se lassant pas de la regarder partir, admiratif devant tant de beauté réunie dans un seul tableau : la cavalière sur sa belle jument Elisabeth, dans ce cadre sublime du barrage de Sarrans avec ses chênes et ses frênes dont le feuillage prenait les belles couleurs de l'automne. Il restait un moment debout à côté de son cabriolet, tenant la poignée de la portière, savourant le bonheur de posséder une telle femme.

Cette scène, André l'avait vue plusieurs fois, debout sur son rocher d'observation, en proie à des sentiments inavoués de jalousie. Il était sûr qu'en Allemagne tant de beautés ne pouvaient coexister ! Sinon, pourquoi seraient-ils venus ici, dans ces montagnes éloignées et perdues loin de leurs terres natales ?

L'angoisse étreignait le cœur d'André. Il imaginait la monture et sa cavalière traverser le barrage, remonter de l'autre côté la pente, au pas, encore groggy par l'ivresse de l'amour. Elle avançait, caressant le cou de sa jument, la flattant, la remerciant de l'emmener chaque jour ou presque dans de belles escapades. Le temps suspendait son vol…

La Mercédès avait fait demi-tour. L'officier, un large sourire de satisfaction sur les lèvres, conduisait à toute allure dans les virages descendant dans la vallée de la Bromme. Les pneus crissaient, dérapaient sur les graviers du macadam. Un coup d'accélérateur le sauvait in extrémis d'une plongée mortelle dans le ravin. Son cœur battait plus vite. Après l'ivresse de l'amour, ce flirt avec la mort lui donnait l'impression d'une surpuissance démentielle et démoniaque, celle qu'il connaissait déjà, peut-être, quand il ordonnait la mort d'un supplicié. Ne saura-t-on jamais les diaboliques pulsions mortifères de ces êtres sataniques ?

André imaginait, voyait la « belle cavalière » avancer au pas à la fin de la montée. Au début du plateau, elle éperonnerait sa monture et prendrait son galop. Elle passait maintenant devant ses trois assassins et leur chef. Elle était dressée sur ses étriers, ses belles fesses en l'air, la joue contre l'encolure de l'animal. Auraient-ils la force d'appuyer sur la gâchette. Non ! Une main supérieure, celle de Dieu, du Sauveur, le sort, le destin ou tout simplement leurs consciences d'honnêtes hommes, retiendraient le geste fatal au dernier moment, à l'instant où tout peut basculer, où cet être de chair à qui la nature à tout donné : la beauté, la féminité, l'amour, sent encore son cœur battre dans sa poitrine en pensant à son bel avenir. Pourrait-elle quitter la vie pour entrer dans le néant ? Des larmes perlèrent aux yeux d'André. Imaginer cela lui était insupportable. Il tenta d'éloigner cette pensée délétère. Mais, le pouvait-il ?

Non ! S'ils tiraient, la jument lancée au galop, ferait un écart et emmènerait sa maîtresse, vivante, et morte de peur, dans une fuite éperdue vers son refuge de Beauregard. Le cœur d'André qui battait à se rompre, se calma, ralentit et un sourire confiant se dessina sur son visage. Il n'était pas possible que cette vie bascule ! Il reprit confiance ! Il allait mieux. Il se leva et fit quelques pas dans la cour.

Pierre le cherchait. Où était passé le chef ?

- Ah ! Te voilà, on te cherche partout !

André revint de sa profonde rêverie. Il semblait atterrir sur terre. On était à la Bastide et il était le responsable d'une dizaine d'hommes !

- Oui ! Je suis là. Je me reposais un instant de cette dure journée.

- As-tu vu cette porte ? C'est une cave, fermée à double tour ! A ton avis, on se l'approprie ?

- Dans ce contexte de guerre, une cave peut devenir essentielle pour s'abriter !

La porte de la cave donnait sur la cour. Quatre escaliers extérieurs commençaient sa descente. André fouilla ses poches et reprit son tournevis.

- Je vais essayer de ne pas la fracturer. Elle n'est pas solide, mais jouera son rôle cet hiver.

Il introduisit son tournevis, chercha longtemps.

- J'ai appris un peu de serrurerie au collège technique d'Aurillac. Je ne savais pas que je m'en servirais un jour.

Le pêne résistait à ses mains adroites. Il céda enfin et la porte s'ouvrit :

- Quel art ! fit Pierre admiratif.

Ils descendirent. Il faisait noir comme dans un four.

- Va chercher un brandon dans la cheminée !

Pierre courut, prit une branche de bois allumée suffisamment longue et redescendit. Sous l'effet du souffle d'air le brandon crépita. La cave s'éclaira. Une trentaine de bouteilles de vin vieux étaient entreposées dans des casiers en fer fixés le long du mur. Elles demandaient un examen attentif :

- Graves 1936, Médoc 1935, c'est du bon !

- Regarde : Cognac Martel, douze ans d'âge !

Ils se retournèrent. Leurs yeux s'habituaient peu à peu à l'obscurité relative. Un tonneau, dans le coin sombre, reposait sur son support. Pierre actionna le robinet avec douceur. Un peu de vin s'écoula. Il le goûta pour juger de sa bonne conservation.

- Pas mauvais ! C'est du vin de table. Il fera l'affaire.

André le goûta.

- Un peu âcre, mais nous n'avons pas le droit d'être difficiles.

- C'est un tonneau de quatre-vingt-dix litres au moins.

Il tapa sur la paroi à la recherche du niveau.

- Presque plein !

Il retira le bouchon pour confirmer son opinion, introduisit son index et sentit le liquide au bout de son doigt.

- Tu sais madame Chantelou est veuve depuis environ deux ans. C'est du vin du temps de son mari. Elle n'en buvait jamais ou vraiment très peu. Elle n'en fera rien et sera contente que le maquis lui vide sa cave. On n'a pas de soucis à se faire de ce côté !

- Nous sommes responsables du groupe ! Montons seulement trois bouteilles et celle de cognac. Pas d'orgie !

- On va remonter le moral de nos proscrits !

- Moi, je vais noyer mon chagrin… J'ai envie d'oublier ces infâmes assassins… Crois-tu qu'à cette heure, il soit possible qu'ils l'aient tuée ?

- Je le crains ! Ils étaient tellement remontés, décidés, certains de protéger le maquis par cet acte infâme !

Il s'interrompit, cherchant la phrase qui pourrait atténuer la peine de son ami :

- Sauf si pour une raison ou une autre, les amants ont annulé leur rendez-vous !

- Quelles pourraient être ces raisons ?

- Une impossibilité de dernière minute : Maladie de la belle, départ du SS vers un autre poste, ou mission de dernière minute ; Clara peut être retenue par son père ou sa mère ! Je ne sais pas ! Tout est possible…

- Tu me redonnes de l'espoir. C'est vrai qu'elle ne se rendait pas tous les jours à son rendez-vous ; ça arrivait de temps en temps qu'elle s'absente, sans qu'on en connaisse la raison…

André resta en retrait cette soirée-là. Il était songeur et triste. Pourtant l'assemblée de ses compagnons était joyeuse. Pour la première fois depuis de longs mois, ils étaient dans une maison, sous un vrai toit avec un bon feu de cheminée qui réchauffait l'atmosphère et les cœurs. On mangeait une soupe chaude dans des assiettes ; des châtaignes étaient grillées dans la cendre. Bientôt le vin leur fit raconter des histoires drôles. Des projets d'avenir agrémentèrent les conversations. Ils attaqueraient les colonnes nazies ! Un vacarme indescriptible envahit la salle de séjour. Chacun voulait placer son mot sans attendre que l'autre termine son histoire. Marcel chantonna une chanson grivoise dont le refrain fut repris dans l'allégresse générale. Pierre chanta de mémoire une chanson d'Edith Piaf de 1939 : « On n'en connait pas la fin ». Cet enthousiasme leur donnait l'impression d'être à un tournant de leur histoire. Demain, ils seraient de véritables résistants armés et entraînés. Quitte à mourir, ils préféraient le risque du combat à cette vie oisive, avec la crainte d'être arrêtés et déportés sans avoir combattu. Ils étaient de plus en plus impatients d'en découdre avec l'ennemi.

André ne se mêlait pas à leur joie. Il était amer et demeurait en retrait. Il se versait de grandes rasades de cognac. Pierre écarta la bouteille. Revêche, il la reprit en trébuchant. Son état d'ébriété provoqua l'hilarité de ses compagnons. Quelques instants après, il s'endormit sur le coin de la table. Pierre et Marcel le transportèrent sur le grabat de l'alcôve sans qu'il s'en aperçoive.

- Le chef est cuit !

- Il souffre et s'est anesthésié, conclut Pierre.

André se réveilla au petit jour avec un terrible mal de tête. Sa nuit avait été agitée de cauchemars. Une voix d'outre-tombe, qui ressemblait à celle de Clara, appelait « au secours !» Il aurait voulu courir pour la délivrer, mais il était entravé par des liens et des cordes dont il ne pouvait se détacher. Cette scène hautement angoissante le réveilla.

Il fit le tour de la salle. Mathieu et Marcel ronflaient dans la seconde alcôve. La Bastide dormait dans le silence et la solitude de ce lieu loin de tout. Ce calme lui parut pesant. Quelques braises rougeoyaient dans le foyer. André remit une bûche qui crépita tout de suite. Elle éclaira subitement la grande salle de ferme.

- Je ne suis pas un bon chef ! J'aurais dû instaurer un tour de garde ! Certes, il n'y a aucun danger que la gestapo sache que nous sommes sur ce plateau désolé et battu par le vent.

Il sortit, se promena autour de la ferme. La brise fraîche du matin l'aida à reprendre ses esprits. Il traversa la pâture, située à l'arrière. Elle était vaste et montait en pente douce. « Les parachutages pourront avoir lieu ici », se dit-il. Arrivé au sommet, il aperçut la silhouette de Pierre. Il avait son fusil de chasse pendu en bandoulière. Ils se firent signe et se rapprochèrent.

- Le coin est giboyeux. Je n'ai pas osé tirer mais j'ai vu des perdrix et plusieurs lapins de Garenne. Je suis allé explorer le vallon du Ruols. Ce n'est pas les gorges de la Truyère ni celles de l'Argence, mais c'est très pentu. La forêt y est épaisse et fort touffue. J'ai vu des bauges de sangliers et un grand cerf avec des bois immenses s'est sauvé à mon approche. Il était tout étonné de voir un homme dans les parages ! Je n'ai pas pu descendre jusqu'au fond tant il y a des buissons de ronces et de lianes inextricables. Il est impossible que les Allemands nous attaquent de ce côté. En revanche, nous chercherons un passage à travers ce fouillis qui pourrait nous constituer un discret chemin de retraite. Au fait, comment vas-tu ?

- Très mal ! Mal à la tête ! Envie de rien ! Des cauchemars m'ont assailli toute la nuit !

- Je t'en prie, tourne la page ! Cette fille t'a toujours refusé. Tu ne l'aurais jamais eue !

- Pour toi, ça y est ! Elle n'existe plus ! Elle est morte ! « Kaput !» Comme ils disent…

- Je le crains ! Tant que nous n'avons pas été informés, un miracle est toujours possible ! Nous le saurons bien assez tôt. Avoue que tu courais après un rêve impossible !

- S'il en est ainsi, j'ai perdu mon idéal. Je n'ai plus de raison de vivre sinon de me sacrifier pour libérer mon pays. Je ne crains plus de mourir en combattant !

- Tu es plus brave que moi ! Tu crois qu'on va bientôt les attaquer les « chleux » ?

- J'espère ! J'en ai marre d'attendre, de guetter, d'avoir peur, de me cacher ! Je suis impatient de passer à l'action. La victoire ou la mort !

- Tu me fais peur !

- J'ai envie de contribuer à la libération du pays quitte à en crever ! C'est fou, cette nouvelle façon de penser !

- Un peu de peur ne nuit pas, moi aussi, j'ai envie de me surpasser dans l'action, en restant en vie, car il faudra reconstruire le pays et on aura besoin d'enseignants ou d'électriciens ! Ils rentrèrent à la Bastide. Les camarades se réveillaient.

André reprit sa posture de chef :

- Profitez de l'eau abondante du puits, pour faire votre toilette, vous raser… Lavez votre linge ! Après vous nettoierez à grande eau les sols de l'étable et de l'écurie. Vous trouverez des seaux et des balais dans le cellier. Songez qu'il faudra répartir dix à quinze hommes dans chaque local. Tout doit être nickel dès ce soir ! Je pars avec Pierre pour la journée. Je vais essayer de trouver des patates au village. Nous serons de retour avant la nuit.

André et Pierre partirent à travers la prairie vers Cantoin, distant de seulement six kilomètres. Le sol était détrempé et leurs mauvaises chaussures s'enfonçaient souvent jusqu'à la cheville. Ils en riaient. Ils savaient que chez les parents d'André, une bonne poule au pot les attendait.

Vers onze heures, la mère Paulhac vit deux silhouettes à la démarche lourde, se profiler tout en haut de sa pâture. Elle s'activait à éplucher ses légumes ; elle laissa tomber son couteau pour mieux regarder par la petite fenêtre donnant sur l'arrière. Qui d'autre que son « réfractaire » pouvait arriver de cette manière avec tant de discrétion ? Elle reconnut son pas lent, la longue enjambée de son fils, en même temps qu'elle identifia Pierre à ses lunettes à bordure noire.

- Il est accompagné de Pierre, le fils du magasin Casino, se dit-elle.

Une joie incoercible la submergea ! Depuis combien de jours, depuis combien de temps ne l'avait-elle pas vu son André ? Certes elle savait qu'il n'était pas loin dans le maquis. Ne sait-on jamais avec les jeunes ? « Une imprudence, une bravade et les voilà embarqués dans une aventure à l'issue incertaine, et je ne sais où, ou plutôt, si, je le sais… déportés en Allemagne ou fusillés. » se disait-elle.

Les deux compagnons entrèrent par le cellier. La mère Paulhac laissa éclater sa joie :

- Ah ! Mon fils ! Te voilà enfin ! Que tu as vieilli ! Que tu es maigre et sale ! Et cette barbe ! Tu n'as pas honte de te présenter à ta pauvre mère dans cet état !

Le fils serrait sa mère comme il ne l'avait jamais fait, jusqu'à l'étouffer. Ces temps si rudes éloignaient et rapprochaient en même temps les êtres chers. Quand cette embrassade cessa, il put articuler :

- Tu sais, nos conditions d'hygiène et de confort sont rudimentaires !

- Allez me chercher le grand cuvier dans la grange. Vous allez vous savonner. Au diable toute cette crasse ! Je chauffe une grande bassine d'eau sur la cuisinière ! Et puis laissez vos vieilles frusques sales, je vais monter en chercher des propres dans l'armoire. Ce n'est pas Dieu possible d'être crasseux à ce point !

- Tu sais, où on était, l'eau était loin et très froide !

- Je ne veux pas le savoir ! Crasseux que vous êtes !

Elle fulminait contre Hitler, le Maréchal et sa clique, même Dieu en aurait pris pour son grade si elle avait osé. Elle craignait plus l'enfer que de la gestapo !

Le père Paulhac arriva :

- La voilà mon armée en déroute ! Et dans quel état !

Il serra son fils dans ses bras.

- Allez ! A poil dans le baquet devant la cheminée ! A la guerre, il n'est plus question de pudeur ! La propreté puis un bon repas vont vous requinquer de ces jours d'épreuves et de ces nuits d'insomnies !

Dans la marmite, sur le feu, bouillait une poule au pot avec ses légumes. Une bonne odeur de cuisine envahissait la grande pièce à en faire frémir d'impatience nos affamés.

- Sers leur un bon bol de bouillon avec de bonnes patates pour les réchauffer. Les matins se rafraichissent déjà à notre altitude ! Le pain est rare. Mais, je viens de rentrer à la cave cinq tonnes de pommes de terre sans compter les topinambours ! De quoi nourrir un bataillon ! Vous en voulez ?

- Eh ! Papa, on est là pour ça !

- Je vais vous en préparer deux sacs, vous les mettrez sur le mulet !

- Je le ramènerai demain, car la nuit va vite tomber ce soir !

- Oui, ou ce soir avant la tombée de la nuit, tu lui fais traverser la départementale et tu le laisses dans la prairie. Il connait sa maison, il saura rentrer tout seul ! Quand vous venez, passez toujours par derrière. Les gendarmes viennent boire un coup au café de temps en temps. Ils laissent traîner leurs oreilles. On ne sait jamais les secrets que les buveurs, bien ou mal intentionnés, peuvent se raconter !

Le baquet fut rempli. On adoucit l'eau froide avec de l'eau bouillante ! Les deux hommes abandonnèrent leurs guenilles, puis leur crasse en se savonnant et se frottant fraternellement devant le père et la mère Paulhac sans aucune honte et dans l'hilarité générale. C'était bon, ce plaisir inconnu jusqu'alors de se débarrasser de sa misère physique comme d'une lourde enveloppe malodorante.

Il était à peine midi que, vêtus de vêtements propres, sentant bon l'eau de Cologne du Mont Saint-Michel, vendue par le pharmacien, ils s'asseyaient à la table devant le bouillon fumant de la poule au pot. La viande et les légumes furent avalés de bon appétit. Le père Paulhac avait tiré une bonne bouteille de vin rouge de sa cave. Ils étaient contents de se retrouver pour partager un repas malgré les vicissitudes de la guerre.

- Les Allemands n'en ont plus pour longtemps ! Ne faites pas les imbéciles ! Si j'ai un conseil à vous donner, moi qui ai connu la guerre dans les tranchées, Verdun, le chemin des dames, tous ces lieux tragiques, c'est de rester tranquille ! C'est le plus difficile quand on est jeune et que l'ennemi est à portée de fusil et vous traque. Ils subissent des défaites sur tous les fronts. Ils ne tiendront plus longtemps et ce sera la débandade dans leurs rangs ! Alors ne risquez pas votre vie ! Ce n'est pas vous qui changerez le cours de la guerre. Continuez votre vie de sauvages ! Encore un an tout au plus et vous pourrez sortir du maquis la tête haute ! Tout redeviendra comme avant ! Ecoutez un vieux de la vieille, celui qui a connu la première guerre mondiale et ses souffrances, les morts, les blessés, les estropiés à vie ! Que faites-vous de vos journées ?

- Justement, on ne fait rien ! A part chasser, pêcher, braconner, ramasser des noix et des châtaignes, s'approvisionner d'une manière ou d'une autre... C'est dur !

- Croyez-moi ! C'est mieux que d'être tué, blessé ! C'est beaucoup mieux que patauger dans la boue pendant des mois sous une pluie de bombes et de balles, tout ça pour être fracassé à la fin par un obus ! J'en ai vu des camarades mourir au front ou devenir invalides pour le reste de leurs jours. Vous ne pouvez imaginer ce qui a été vécu par la génération précédente ! Vous, il vous suffit de savoir attendre patiemment ! La libération est pour demain !

Un silence suivit. André et Pierre comprenaient cette mise en garde, ces conseils. La prudence... Toujours la prudence ! Ce n'est pas ce qu'ils auraient aimé entendre. Un discours plus martial, plus mobilisateur, plus volontariste leur aurait plu davantage...

- Oui, de la patience... fit-il songeur. Votre heure viendra bien assez tôt ! Au fait, des coups de feu ont résonné dans la vallée hier dans la soirée. Les Allemands auraient-ils fusillé quelques pauvres types ? Etes-vous au courant ? Je remontais de Sainte, l'écho de cette fusillade s'est réfléchi dans toute la vallée. Mon oreille exercée d'ancien combattant a reconnu une salve de fusils de guerre.

A ces mots, André pâlit. S'il n'avait pas bien mangé, s'il n'avait pas été repu et réchauffé par le bon feu de cheminée qui crépitait dans son dos, il se serait évanoui ! Devait-il dire quelque chose ? Non ! Le secret, le silence ! Pourtant avec ses parents, on devrait être en confiance, c'était tout différent...

- Non, se dit-il en lui-même, c'est mieux qu'ils ignorent tout ! La moindre mimique dans un interrogatoire peut mettre la puce à l'oreille d'un tortionnaire patenté ! De toute façon, Français ou Allemands, ils font partie de la même race universelle des assassins !

Il était sans voix, comme figé par le poids de sa peine. Son regard triste appela Pierre à son secours. Le visage de Pierre restait de marbre...

- Nous ne savons pas ! J'ai tiré un beau lièvre en fin d'après-midi. Nous étions sur Vines. Il devait être seize heures.

- Non ! Je connais trop le bruit des fusils de guerre ! Rien à voir avec un fusil de chasse… Et, c'était plus tard, bien plus tard !

Le père Paulhac pensa : « Vous le savez mais vous ne voulez rien me dire, et vous avez raison. La curiosité peut vous faire tuer en ces temps de cruauté. »

André était désespéré. Ainsi, ils avaient osé la tuer ! Sauf s'il l'avait loupée ! C'était encore possible ! Que leurs vieux fusils se soient enrayés ! Que la jument ait senti le danger, se soit cabrée et enfuie n'importe où, à travers la lande, les bois ou les champs ! Une grande lassitude le prit. Il en avait marre de tout, de cette situation, de la guerre, de tous les assassins du monde : la confrérie universelle la plus importante à ses yeux !

Le père Paulhac et Pierre parlaient des évènements. Ils avaient déplié une grande carte d'Europe et l'un et l'autre se disputaient en détaillant les retraites des Allemands tandis qu'André livré au plus noir pessimisme, se taisait. Sa mère le vit :

- Tu es mort de fatigue, mon fils. Va t'allonger sur ton lit. On te réveillera à quinze heures. La Bastide n'est pas si loin !

Il ne se fit pas prier une seconde fois. S'isoler pour pleurer en silence était son seul désir à cette heure si sombre.

- Merci maman !

André monta dans sa chambre, s'allongea sur son lit et laissa éclater sa peine. Ils l'avaient tuée ! Il en était certain maintenant comme d'une évidence ! Circonstance aggravante, il l'avait appris par la bouche de son père. De gros sanglots sortaient de sa gorge et ses larmes coulaient de ses yeux en cascades brûlantes. Son émotion était si forte qu'il en perdit connaissance.

En bas les commentaires des hommes sur l'attitude à adopter pour battre Hitler le plus vite possible continuaient, enthousiastes et animés.

Madame Paulhac que la stratégie n'intéressait guère intervint :

- Je trouve André si fatigué ! Je ne l'ai jamais vu dans cet état : amaigri, hirsute, désespéré ; en seulement six mois, il a vieilli de dix ans !

- Il en a assez de cette vie de proscrit ; nous ne savons pas ce qui peut arriver demain : arrestation, déportation ou fuite sans toit, sans bagage et sans nourriture ? Heureusement nous sommes une bonne équipe solidaire. L'entraide et le partage nous permettent de ne pas nous laisser abattre. On se console comme on peut et quelquefois on rigole bien. Grâce à notre solidarité, nous atténuons nos misères le mieux possible !

- Il faut tenir les gars ! Dans quelques mois, nous verrons le bout du tunnel !

On réveilla André vers quinze heures. Il allait mieux ; il se disait prêt à affronter la réalité dans l'action. Son attitude virile était surfaite et opportuniste. Elle était destinée à tranquilliser ses parents. Le moment était venu de regagner la Bastide. Le mulet attendait dans la cour, chargé de deux gros sacs de pommes de terre. Les hommes portaient dans leurs havresacs volailles, fromage de Cantal et beurre. Après les embrassades, ils prirent le chemin du plateau par la pâture de derrière. Le mulet et ses deux sacs de pommes de terre, suivait docilement André.

Ils arrivèrent avant la tombée du jour. Le ciel bas était gris de nuages. Le vent froid d'altitude s'était levé. On sentait l'hiver approcher à grand pas. Le lièvre dépecé par un boucher improvisé, bouillait depuis deux heures dans la marmite. Les patates, et le contenu des sacs furent acclamés ! On se mit à l'œuvre pour en éplucher quelques-unes. André et Pierre visitèrent les bâtiments. Ils étaient propres et pouvaient servir à abriter des hommes pour la nuit. Du foin et de la paille sèche étaient disponibles dans les greniers pour rendre plus confortable le sommeil des maquisards.

Le crépuscule tombait. André que l'inquiétude rongeait, regardait l'horizon par la croisée de la grande salle. Il aperçut une petite tache sombre qui s'approchait lentement dans le pré en contrebas. Il prit vivement les jumelles. Un groupe de quatre ou cinq hommes marchait lentement, le dos courbé sous leurs bardas. Ce ne pouvait être que le premier groupe de camarades restés au bout du monde :

- Un groupe de compagnons arrive ! dit-il à voix haute.

Tandis que les autres manifestaient leur surprise et leur joie d'être rejoints si vite par le gros de la troupe, André continuait son observation silencieuse. Le premier groupe approchait, un autre apparaissait en bas du pré. André pensa : « parmi eux, cheminent trois assassins. »

- Non, se dit-il, seulement deux puisque l'un des fusils était chargé à blanc ! J'aimerais bien savoir qui sont-ils !

Il haussa les épaules. C'était de pauvres types comme lui ! Pire ! Ils portaient maintenant dans leur cœur le fardeau d'un crime inique tandis que lui ne serait jamais qu'un combattant prêt à se sacrifier pour l'amour de son pays… puisque son véritable amour était mort. Son deuil sera long. S'en remettra-t-il vraiment ? « Jamais ! » Pensa-t-il. En voudra-t-il toujours à ses malheureux camarades ? Les instances suprêmes de l'organisation avaient donné l'ordre de tuer. Les malheureux exécutants devaient obéir. Ce n'était « que de pauvres types… » se répétait-il en lui-même. « Non ! Je ne m'enfermerais pas dans des idées de vengeance, ni de haine. C'est la guerre avec ses terribles misères. Je dois accepter cette mort. Il y en aura d'autres d'ici la fin de ce conflit. »

Il commanda que l'on servît un bol de soupe à chaque arrivant.

- Alors les gars ?

- Le chef a commandé l'évacuation du camp du bout du monde à la première heure ce matin. Ils vont arriver tous par petits groupes.

- Vous êtes les bienvenus. Reposez-vous et allez-vous installer dans les bâtiments et les greniers avant la nuit. Il n'y a pas d'électricité dans cette ferme et nous avons peu d'éclairage.

André aperçut le chef qui approchait à pas lents, plié sous un lourd barda. Son visage osseux s'était creusé. Des cernes bleuâtres lui descendaient jusqu'au milieu du visage. Il avait mal dormi ou avait-il voulu monter la garde avec ses hommes ? Il paraissait rongé par le remord.

André et Pierre allèrent à sa rencontre. Guitoun était épuisé. Il ne voulait pas le laisser voir. Il s'arrêta un instant et convint de partager sa charge.

- Comment ça va ?

- Françoise est arrivée hier en début d'après-midi. Il va sans dire qu'elle était très déçue que tu ne sois pas là, dit-il à Pierre. Par son canal, Charlus nous informa que le premier parachutage aurait lieu après-demain sur le plateau de la Bastide. En conséquence nous devions évacuer le camp après que la « difficile mission » soit accomplie.

- Alors, vous l'avez tuée ?

- Oui ! Ne crois pas que les tireurs, pourtant des hommes aguerris, l'ont fait de gaîté de cœur ! Leurs visages montraient toute leur angoisse, leurs mains tremblaient…

- Des hommes aguerris ? Tu veux dire ceux des brigades internationales, les réfugiés de la guerre d'Espagne ?

- Secret militaire. Personne ne doit savoir ! Nous sommes des pions sur le vaste échiquier de l'Europe. J'ai déjà oublié ; et d'ailleurs je ne les connais que sous des pseudonymes… Je te rappelle qu'ici nous sommes tous des résistants ! Il n'y a pas de sous-groupes : Auvergnats, juifs, communistes, Espagnols réfugiés ou autres. Nous appartenons au réseau de résistance « Combat » placé sous le commandement unifié du Général de Gaulle ! Point !

- A-t-elle souffert ? Est-elle morte sur le coup ?

- Tu ne sauras rien !

- Qu'avez-vous fait du corps ?

- Tu ne sauras rien, ça suffit ! C'est un ordre !

Le chef montrait sa colère. Il était rouge, cramoisi. Le sergent s'éloigna à grands pas. Il ne supportait plus André et ses questions insidieuses et désarmantes. Sa conscience fuyait devant le remords.

André encaissa, la larme à l'œil. Sa première histoire d'amour était défunte.

Le crime.

Voici le déroulement des faits tels que l'auteur a pu les reconstituer d'après le journal local et les différentes enquêtes de police réalisées à l'époque.

Ce soir-là, Clara était en retard. L'officier SS l'attendait. Il avait garé son cabriolet dans le chemin de la châtaigneraie au-dessus du lac. Il était vêtu d'un uniforme neuf et marchait raide et martial sur la route asphaltée. Ses guêtres bien cirées brillaient sous le soleil dont les derniers rayons rasaient la cime des arbres.

Les quatre guetteurs étaient à leur poste depuis le milieu de l'après-midi : Le chef Guitoun et les trois tireurs anonymes. Les fusils chargés étaient mis en faisceau à proximité. La seule paire de jumelles disponible circulait de l'un à l'autre. C'était une attente silencieuse. Une anxiété insidieuse se lisait sur leurs traits tirés.

- C'est lui que nous devrions descendre !
- Pour avoir un bataillon de boches à nos trousses ?
- N'oublie jamais que nous ne faisons pas le poids !
- Et, ça alors, fit l'un d'eux, en montrant les fusils.
- A cette distance, nous serions capables de le louper !
- C'est un joli carton !

Ils entendirent le galop d'un cheval. Clara passa à dix mètres au-dessous d'eux. Elle se dépêchait et ne ralentit pas malgré la forte pente de la route. Les gars admirèrent sa dextérité à mener sa jument, à négocier les virages à la corde en faisant corps avec la bête, genoux serrés comme un jockey dans un concours hippique. Quand elle se soulevait sur ses étriers, toute sa beauté resplendissait tant sa croupe était ronde, sa taille fine. Les cheveux bruns de sa tête nue flottaient dans le vent.

- Belle fille !
- C'est elle, la condamnée ?
- Affirmatif ! C'est elle !

Le ton sec, ferme et martial du sergent masquait mal son désarroi. La sensibilité de l'homme se cachait derrière la sévérité du sous-officier. Un silence amer, lourd comme une tonne de plomb tomba sur ces derniers mots. Les quatre hommes regrettaient d'être là. Cette mission était détestable, la pire qu'ils aient pu imaginer.

- Ce ne sera pas facile de la tuer !

- Même pour la France…

« Quelle connerie la guerre » pensaient-ils vraiment…

Clara sauta de son cheval. Elle était nerveuse, bravache. Tout dans ses gestes, ce soir- là, contrastait avec son charme féminin habituel, tout en nuances, tout en douceur. Ils s'embrassèrent brièvement, comme pour rattraper le temps perdu. L'officier fut surpris par la raideur de ce bref baiser. Il n'avait rien à voir avec la chaleur des précédents… Il fit comme s'il ne s'en était pas aperçu. Ce connaisseur savait que l'humeur des femmes est changeante et qu'il ne faut ni s'en étonner, ni s'en offusquer. Elle mena sa jument par la bride, d'un pas ferme et décidé dans la châtaigneraie où elle l'attacha. Son visage figé ne souriait pas. Il la regardait découvrant un aspect différent et nouveau de « sa Clara ». Dans le regard brillant de l'amant se lisaient l'admiration et l'envie d'en savoir plus. Que s'était-il passé ? Cet énervement de femme, cette brusquerie inhabituelle la rendaient plus désirable encore. Sa démarche de cavalière en bottes s'était affermie. Il y observa un discret tortillement de croupe, tout nouveau, lui sembla-t-il, à l'effet aphrodisiaque immédiat. Cette froideur apparente ne déplaisait pas à ce Prussien de Lübeck, élevé dans la rigueur luthérienne. Un demi-sourire se dessina sur ses lèvres… Après cette distance nordique qu'il connaissait bien, succèderaient les douceurs, puis les étreintes enflammées, latines et méditerranéennes… Ils partirent en silence cheveux au vent dans le cabriolet Mercédès de la gestapo. Il y avait eu un problème ! Lequel ? L'amant fit le choix de ne pas poser la question à sa mystérieuse amante.

L'auteur, à la curiosité tatillonne, mena des investigations. Il fouilla les archives des enquêtes menées à propos de ces faits et découvrit ceci : Le gendarme Galinérac se rendit à la ferme de Beauregard le vingt-et-un janvier 1944 à la demande du juge d'instruction de Rodez. Il interrogea avec minutie le père Guidicelli. Voici les termes de son rapport :

« J'ai interrogé ce matin Monsieur Guidicelli Fernando qui a répondu de bon gré à mes questions. Il m'a déclaré : « J'avais appris environ un mois avant l'assassinat de ma fille, sa liaison avec un Allemand en me rendant à Sainte Geneviève, chez le quincailler pour me procurer du fil de fer barbelé. Je suis entré au café de la place à la fois pour boire un coup et pour avoir des nouvelles inédites de la guerre et aussi concernant les derniers potins du village. Et, ô surprise ! On m'apprit cette liaison. Sur le coup, je n'ai pas voulu le croire. Je ne me suis pas offusqué, pensant que c'était un commérage de plus, une de ces médisances à laquelle nous sommes habitués depuis longtemps, nous les soi-disant « Italiens ». Les gens ont toujours été jaloux de notre prospérité ! J'avais bien observé un changement de comportement dans ses manières, ses horaires aussi pour aller se promener. Ma fille, âgée de vingt et un ans, était une femme, avec des manières de femme ! Elle cultivait son indépendance vis-à-vis de ses parents, ce qui, à cet âge, me parait normal ! Jamais, je n'aurais pu imaginer une telle liaison. Pensez donc, avec un lieutenant SS ! Je lui en ai parlé sur le champ comme pour mieux m'assurer que ce n'était pas une malveillance de plus ! Elle me l'a avouée sans l'ombre d'une hésitation. Elle paraissait même en être très fière. J'ai tenté de la dissuader plusieurs fois. Elle avait cette qualité d'être franche et ce terrible défaut : d'être entêtée. Ce malheureux soir, (avais-je une prémonition ?) j'ai beaucoup insisté. Une violente discussion, pour ne pas dire une dispute, disons… une altercation très vive s'en est suivie. Elle me déclara qu'elle ne romprait jamais, qu'Allemand ou pas, c'était l'amour de sa vie ; que la guerre finirait bien un jour et qu'ils se marieraient ; qu'à vingt et un ans, elle avait le droit de choisir l'homme de sa vie ! Qu'on n'était plus à l'époque où les pères décidaient de l'avenir de leurs enfants en choisissant un mari pour leur fille ! D'ailleurs, toi tu étais Italien, et tu l'es encore par certains côtés, tu as épousé une Française ; alors pourquoi ne pourrais-je pas épouser aussi un étranger ? Cette discussion s'éternisait. Voyant que j'allais la mettre en retard, elle sella son cheval et l'enfourcha, très en colère contre moi. Je tenais sa jument par la bride pour l'empêcher d'aller à son rendez-vous ; voyant que je voulais la retenir, eh bien ! Elle a osé me cingler la figure avec sa cravache et a éperonné sa monture pour la mettre au galop. Je n'avais jamais vu ma fille dans un tel état d'énervement ! »

Ce rapport fut versé au dossier d'instruction. Il explique parfaitement l'état de nervosité de Clara ce soir-là.

Les deux amants s'installèrent sur la belle terrasse ensoleillée de l'hôtel du lac. Elle commanda un thé accompagné de petits-beurre, son amoureux une pinte de bière. Ils se prélassèrent un moment profitant des derniers bons rayons de soleil de la journée. Le lac s'étendait entre ses deux rives montagneuses. Sa surface argentée se ridait sous la brise légère. Clara termina sa tasse. Elle frissonna. L'officier se leva et galamment, en se courbant légèrement, il lui tendit la main :

- Viens, lui dit-il.

Il y avait de la douceur dans l'accent guttural ! Toute la mielleuse affabilité possible dans cette voix habituellement cruelle. Il mettait toute son attention pour abandonner le ton martial, agressif des gradés SS. Sa galanterie quasi excessive cachait la renommée de son corps d'armée. Elle lui sourit tant elle perçut ce louable effort dont le résultat demeurait imparfait. Elle pensa : « Tu es encore loin de la douceur latine. La guitare ne chante pas encore dans le son de ta voix. Je reconnais ton effort ! Et je t'en remercie » Cette pensée enflamma son regard d'amoureuse. Comme elle le trouvait beau et galant !

- Madame, s'il vous plait, je vous emprunte une chambre ! dit-il de sa voix redevenue martiale à la propriétaire des lieux.

- Bien sûr, Monsieur l'officier.

Elle lui tendit la clé numéro treize instantanément… On avait peur des Allemands ! Alors de la gestapo et des SS, c'était l'angoisse !

Il était bien plus de dix-huit heures quand Clara remonta sur sa jument. La nuit tombait. L'officier était en retard ; il ne la regarda pas partir. Il opéra un demi-tour et démarra en trombe. La belle cavalière, alanguie par l'amour, avait des gestes lents. Elle n'était pas pressée de retrouver ce père acariâtre et cette mère silencieuse. Sa jument piaffa, s'ébroua ; Clara la mit au pas, calma sa fougue en lui caressant l'encolure. On aurait dit qu'elle dormait sur sa monture. Elle la laissait se diriger à son gré tenant la bride d'une main nonchalante. La pleine lune éclairait son chemin. Ce soir d'automne était doux. Une brise légère et chaude en provenance du Sud-Ouest soufflait à peine.

Elle était à vingt mètres au-dessous des trois tireurs et de leur chef quand celui-ci commanda :

- Fusil à l'épaule, en joue !

La cavalière s'approchait au pas, les bottes calées dans les étriers ; la main droite flattait avec douceur le cou de sa jument. Quinze mètres… dix mètres… Elle était maintenant sur la route départementale juste au-dessous d'eux !

- Feu !

Les trois fusils tonnèrent. Elle fut transpercée, touchée à mort. Son corps se courba sur lui-même, dans la position fœtale de l'agonie, s'accrocha à sa monture. Celle-ci effrayée, partit au grand galop.

Les trois « soldats » regardèrent leur méfait, posèrent leurs fusils. Ils descendirent avec de multiples précautions sur la route. Ils virent le cheval au triple galop disparaitre en haut de la côte. Désemparés, ils questionnèrent leur chef. Point de corps à ramasser, ni à cacher, ni à enterrer ! Ce n'était pas possible. Ils suivirent la route… La monture et sa cavalière étaient disparues à l'horizon.

- Non ! Rien !

- On rentre ! Mission accomplie, tonna le chef.

Ils ramassèrent leurs armes et fusil en bandoulière, reprirent le chemin vers « le bout du monde » à travers les genêts et les fougères, le dos courbé, portant à jamais le poids de leurs remords.

La disparition de Clara.

La jument affolée galopa à perdre haleine sur la route départementale. On la vit prendre le virage de la route de Benaven, au coin de la maison de retraite, avec sa cavalière couchée sur l'encolure. Un passant attardé dit :

- Tiens, « la fille de l'Italien » rentre de son rendez-vous à bride abattue ! Elle a peur de se faire tirer les oreilles par son père ! C'est qu'il ne rigole pas le père Guidicelli !

Au lieu de tourner sur le chemin de Beauregard, la jument épuisée et hagarde, emballée par son galop, continua, dévala la descente emportée par son poids et courut se jeter en bas dans le ravin du torrent de Benaven.

Le père Guidicelli avait allumé la cour.

- Elle est en retard ! Si elle n'est pas là dans une demi-heure, nous mangerons la soupe sans elle.

Il piaffait. Vraiment, cette fille lui donnait du souci ! Sa joue le piquait. Il la tâta du bout des doigts. Il recueillit un peu de sang sur le bout de son index. Le coup de cravache l'avait marqué. Il faudrait désinfecter cette plaie !

- Ce n'est rien, j'ai la peau dure, se dit-il. Mais, quand même ! Il faut être devenu folle pour cravacher son père !

Il fit le tour de sa cour, vérifia que ses bâtiments étaient fermés, puis rentra en haussant les épaules. Il était en colère contre cette fille revêche.

- Tant pis, on mange sans elle ! dit-il à sa femme.

La soupe était amère et le repas silencieux. Vers la fin, la femme tenta de dire :

- Tu sais, si elle l'aime son étranger, il faudra l'admettre ! L'amour est aveugle, il ne connait pas de frontières !

- Toi, forcément, tu vas la défendre ! Tu ne te rends pas compte ! C'est un SS et avec le tournant que prend la guerre ce n'est vraiment pas le moment de s'amouracher d'un ennemi !

- Souviens-toi ! Quand nous avons dit qu'on allait se marier… Quelle levée de boucliers !

- C'était différent et ça n'a rien à voir ! Les temps ont changé.

Nouveau silence anxieux dans le castelou de Beauregard. Madame Guidicelli lava la vaisselle. Son mari tenta de se calmer en fumant une pipe au cantou. Il sortit de nouveau pour regarder la route :

- Non, rien ! Crois-tu qu'elle va rentrer ?

- Certainement !

- Va te coucher ! Je vais l'attendre au coin du feu…

Il remit une bûche dans l'âtre, se munit de sa tabatière et de sa pipe et s'installa au cantou. L'attente risquait d'être longue. Il en avait la prémonition. Il sommeillait en réfléchissant. « Il avait été dur avec elle, se disait-il. Ce n'était plus une petite fille. On ne voit pas grandir ses enfants. On voudrait toujours les garder près de soi… Il aurait voulu lui faire embrasser un beau parti, un riche propriétaire terrien. Mais, voilà, cette fille n'était pas facile ! Elle revendiquait son indépendance, sa liberté, son droit de choisir plutôt que celui d'accepter. C'est son aspect « femme moderne. » Un Allemand ! Quelle honte ! Même son pays l'Italie avait congédié le Duce, avait signé l'armistice avec les alliés Anglo-Américains et dès lors combattaient les Allemands. Quelle heure est-il maintenant ? Minuit ! Elle ne rentrera plus. Elle passe la nuit avec son amoureux par bravade ! Je reconnais bien là, ma fille ! Elle a le sang chaud de son père. Je ne peux pas la blâmer… de me ressembler ! Je n'ai plus qu'à aller me coucher. »

Elle ne rentra pas le lendemain, ni le surlendemain.

- Elle nous fait une fugue avec son Allemand ! Quelle honte ! La vox populi n'a pas fini de nous blâmer.

Sa femme lui reprochait sans cesse sa dureté.

- Tu n'aurais pas dû te disputer avec elle ! Tu l'as braquée ! Et qui sait maintenant quand elle reviendra ?

- Mais non, elle n'est peut-être pas bien loin ! Braquée, braquée ; qu'est-ce que ça signifie ! Si on ne peut plus faire des remontrances à sa propre fille, où va-t-on ?

- Si tu allais à la gestapo, à Mur-de-Barrez pour savoir ? Il s'agit quand même d'une disparition !

- Non ! Je ne m'abaisserai jamais à demander quoi que ce soit aux Allemands !

Trois jours passèrent. L'officier SS n'avait pas de nouvelles de sa bien-aimée. Il se rendait chaque soir à son rendez-vous, attendait plus d'une heure en marchant le long de la route, puis partait, étonné et inquiet. Il la revoyait nerveuse et contrariée le dernier soir. Il pensa avec juste raison qu'elle avait des problèmes avec son père, que celui-ci l'empêchait de sortir.

Le quatrième soir, il se dit :

- C'est la jument qui est malade ! Elle ne peut pas venir parce qu'elle n'a plus de moyen de locomotion.

Il réfléchissait passant en revue les différentes hypothèses qui pourraient l'empêcher de revenir à son rendez-vous...

- J'y suis : Son père lui a confisqué sa jument ! Il l'empêche de sortir... Demain, j'irai visiter la ferme de Beauregard.

Le lendemain, l'officier en grande tenue, bottes bien cirées, dit à son ordonnance :

- Allez, Hans, tu m'emmènes à Beauregard !

- Wo ? fit le soldat.

- Du côté de Sainte-Geneviève ; je te dirai...

- Gut ! Herr Lieutenant !

Une demi-heure après, la Mercédès descendait le chemin de Beauregard et stationnait dans la cour. Le lieutenant admira le cadre, le calme, la majesté de la bâtisse avec sa tour. Il était un peu étourdi par tant de simplicité et de splendeur.

Le père Guidicelli dit à sa femme :

- V'là la gestapo ! On va avoir des nouvelles !

Ses mains tremblaient ; il était content mais il avait peur !

- Ah ! Monsieur Guidicelli, je suis désolé de vous déranger ; veuillez excuser mon Français qui n'est pas toujours bon en dépit de mes efforts. Mais... Où est donc passée votre fille, Clara ?

- Ben, ça alors ! Vous devez le savoir mieux que moi parce que je ne l'ai plus revue depuis vendredi dernier lorsqu'elle est partie sur sa jument pour aller à son rendez-vous avec un officier Allemand !

- Vous ne l'avez plus revue depuis ?

- En effet ! Et vous ? Je suppose que cet officier, c'est vous !

- Oui, en effet, c'est moi ! Je ne l'ai pas revue depuis vendredi vingt-deux octobre. Je l'ai quittée, il commençait à faire nuit à plus de dix-huit heures !

- Comment ça ! Alors, elle a disparu, elle et sa jument !

L'officier regardait le père Guidicelli, incrédule ! Il se disait : « Cet homme peut-il mentir ? Peut-il à ce point mimer la surprise ? Ne séquestrerait-il pas sa fille ? » Il pensa ordonner une perquisition, puis se ravisa. C'était outrepasser ses droits. « Mieux vaut ne pas insister ! Il ment ! Il la cache. Tous des menteurs, ces Français !» Il salua, dépité et en colère ; ne laissant rien voir de son désarroi, il tourna les talons.

- Au revoir, Monsieur ! dit-il d'un ton guttural où l'accent tudesque exagéré montrait toute l'incrédulité de l'homme.

La Mercédès repartit.

De leur côté les époux Guidicelli étaient surpris et étonnés. Peut-on croire un officier SS, eux qui font disparaître pour des motifs divers et incompréhensibles des milliers de gens ?

- Tu devrais signaler sa disparition à la gendarmerie !

- Crois-tu ? La gestapo et la gendarmerie, c'est pareil !

- Mais, non ! Tu ne peux pas dire ça ! Ils ont des rôles différents…

Le mercredi vingt-sept octobre 1943, le gendarme Galinérac nota sur la main courante la disparition de Clara Guidicelli. Il l'écrivit le sourire en coin et d'un air entendu. Comme tous les gens du bourg, il avait entendu parler de la liaison de Clara et de l'officier SS.

- Quelle peut être la cause de cette disparition ? fit le gendarme, un sourire en coin.

Le ton ironique perçait. Le père faillit se fâcher. Il se contint, haussa les épaules et ne répondit pas à cette provocation. On ne le prenait pas au sérieux. Même la maréchaussée se moquait de sa détresse ! Il se tut malgré sa colère et rentra chez lui, découragé. Il devait attendre patiemment que Clara se manifeste ! Que diable ! Elle ne pouvait pas les laisser dans l'ignorance bien longtemps ! Elle n'aurait pas cette cruauté…

La découverte.

Environ un mois plus tard, Monsieur Calmels Jérôme, fermier à Benaven, se promenait dans ses bois qui penchent puis tombent dans le ravin éponyme, dans l'intention de repérer des traces de gibier, bauges et sentiers de sangliers. Il avait un panier à la main parce qu'il espérait que les premières gelées lui laisseraient quelques champignons, « petits gris » ou « canaries » cachés, sous les feuilles mortes ou les épines de pins. Tout en descendant son attention fut attirée par des bruits sous les branches. Des corbeaux et des buses s'envolèrent. Le croassement lugubre des premiers le fit tressaillir. Un renard s'enfuit en suivant le torrent. Sa curiosité fut aiguisée. Il renifla. Un animal devait être crevé par là pour attirer les corbeaux, ces dépeceurs de cadavres. Il descendit avec précaution dans ce ravin pentu. Il s'aidait en se retenant aux branches. Soudain, il vit à cinq pas en-dessous une masse noire… Des branches cassées gisaient tout autour. Il s'approcha : c'était un cheval qui gisait sur le flanc. Il renifla encore une fois : pas d'odeur de cadavre ! Le soleil ne pénétrait jamais dans ce trou et les premières gelées avaient empêché la décomposition. Il réfléchit :

- A qui appartient ce cheval ?

Il était maintenant à côté.

- Il est sellé !

Soudain, il reconnut les ornements que la « fille de l'Italien » mettait à la tête de sa jument, ce foulard rouge dont elle lui entourait la houppe… cette jolie crinière tressée d'élégante manière…et sa selle au cuir si doux et si fin qu'il en était jaloux !

- Mince alors ! La jument de Clara !

Tout le monde connaissait Clara. Il se rappela : on riait sous cape au « café de la place » de sa disparition subite. On disait qu'elle avait fui avec un bel officier. Et les yeux se plissaient malicieusement.

- Ce n'est pas du tout ça ! Tout le monde se goure ! Le corps de Clara n'est pas loin !

Il était empêtré dans les ronces et les lianes. Il devait chercher en remontant vers la route. Il jura contre cette forêt tellement touffue qu'elle en était inextricable.

- Si Clara était restée sur sa monture, entravée dans les étriers, les branches et les lianes devaient l'avoir désarçonnée quand la jument sauta dans le ravin.

Il chercha et découvrit bientôt le corps de l'infortunée. Elle reposait sur un tapis de fougères sèches. Des genêts encore verts semblaient faire une haie de protection tout autour. Des aulnes s'inclinaient au-dessus d'elle comme pour l'honorer, prier ou pleurer. Il se pencha sur elle pour bien s'assurer de sa mort. Son visage régulier et beau avait la pâleur marmoréenne des statues. Ses yeux étaient fermés. De longs cils noirs anoblissaient ce beau visage. Ses sourcils et sa chevelure éparse lui donnaient un air de dignité. Elle paraissait dormir comme une Sainte dans la sérénité de ce vallon au milieu de cette nature qu'elle avait tant aimée et qui aurait voulu la garder en son sein. Le torrent chantait quelques mètres en-dessous en sautant de pierre en pierre.

- On dirait une Sainte attendant son entrée au paradis, se dit-il.

Il restait là, figé comme hébété. Il avait ôté son béret et aurait aimé réciter une prière pour lui rendre hommage… Les mots ne lui venaient pas tant il était sidéré. Une ou deux minutes s'écoulèrent. Il réagit enfin :

- Mince ! Catastrophe ! Que faire ? Prévenir le père Guidicelli avant tout !

Il leva les yeux. La route passait à dix mètres au-dessus de lui. Il remonta en s'agrippant aux arbustes et aux roches ; des ronces s'accrochaient à ses habits comme pour le retenir. Il jurait quand, ses points d'appui n'étant pas assez assurés, ni assez solides, il tombait et redescendait de quelques mètres. Après maints efforts, il parvint à se hisser à la route ; il était en nage, mais avait l'impression d'être sauvé. Le mieux, le plus rapide était de repasser à sa ferme pour prendre son percheron et chevaucher jusqu'à Beauregard.

Il alla directement à l'écurie, passa la bride à son cheval. Fermier pauvre, il ne possédait que deux chevaux de trait. Il prit le plus vigoureux. Sa femme alertée, par le bruit des sabots sur les pavés de la cour, sortit :

- Où vas-tu ?

- A Beauregard ! Je t'expliquerai !

Elle haussa les épaules : « encore une lubie », pensa-t-elle.

Jérôme Calmels mit son cheval au trot. Il le montait à cru. Les sabots ferrés de l'énorme animal résonnaient sur la route empierrée. Quand il prit le chemin de Beauregard, il mit sa monture au pas dans la descente pour qu'elle ne s'emballe pas. Le père Guidicelli sortit quand il entendit approcher le lourd cheval :

- Ah ! Jérôme, quel bon vent t'amène ?

Le pauvre était gêné :

- Mauvaise nouvelle, Mario ! J'ai trouvé dans le ravin de Benaven votre belle jument morte, en voie de décomposition ! Une nuée de corbeaux la dépeçait !

- Mince alors ! Et ma Clara !

- Elle repose un peu plus haut dans les fougères !

- Depuis un mois qu'elle était disparue ! J'aurais dû m'en douter et battre la campagne ! Sa jument l'aura versée dans le ravin ! C'est bien étonnant !

- J'y vais tout de suite ! J'attelle mon tilbury !

Le tilbury était une voiture hippomobile de luxe montée sur ressorts assez confortable et rapide qui, dans le contexte de pénurie d'essence, après avoir été oubliée un moment, avait été ressortie de la grange. Le père Guidicelli l'attelait tous les dimanches matin pour emmener sa femme à la messe à Sainte-Geneviève.

Les deux hommes descendirent dans le ravin. Ils empruntèrent les traces laissées par la remontée de Jérôme. Mario avait retrouvé ses jurons italiens. Ils lui sortaient naturellement quand il glissait sur son séant tandis que son compagnon se laissait aller à des sacrebleu, des mordious et des bondious !

Le silence se fit quand le père découvrit le corps de sa fille bien-aimée. Il ôta son chapeau noir de paysan du Rouergue, s'épongea le front avec son mouchoir. Il retenait ses pleurs devant son compagnon. Des larmes sourdaient de ses yeux.

- Ma fille, ma pauvre fille, articulait-il et sa voix s'étranglait.

Il tomba à genou, embrassa son front. Il sanglota de longs moments, courbé, anéanti, son front contre le front glacé de sa fille.

- On dirait qu'elle dort ! dit-il à son compagnon, comme pour se consoler.

Celui-ci debout en face, son béret à la main en signe de profond respect, approuva.

- Que faire ! La remonter nous deux ne va pas être facile !

Il regardait le haut du ravin. Un petit coin de ciel gris, se profilait parmi les branchages.

- Tu te sens d'attaque ?

- Elle ne pesait pas bien lourd, dans les quarante-cinq kilos, je suppose !

- On va essayer. Tu es costaud et moi aussi. Prends-la par les pieds, moi, je l'agrippe par les épaules !

Ces deux hommes, encore dans la force de l'âge, courtauds sur leurs jambes torses, aux larges thorax de taureaux, aimaient tester leurs forces, lancer des défis à la nature. Aller chercher de l'aide aurait été déshonorant. Mario vit le Christ des églises, courbé sous le poids des péchés du monde ; il le vit porter sa croix. Cette image lui montrait l'exemple du courage… du sacrifice. Remonter sa fille morte du ravin, était son chemin de croix, le début de sa longue voie vers son propre renoncement.

- Je vais la prendre sur mon dos. Je serai ainsi face à la pente. Tu vas m'aider à la hisser sur mes épaules. Tu suivras en la maintenant par les pieds et en poussant de toutes tes forces quand tu me verras faiblir…

Il se pencha pour la saisir, la souleva par le thorax. Des tâches noirâtres maculaient la veste de Clara au niveau de son flanc droit. Il reçut comme un coup au cœur. Il la laissa retomber.

- Qu'est-ce que c'est ? On dirait du sang noir coagulé !

Sa curiosité était en éveil. Il écarta le tissu. Surprise et catastrophe : Elle avait deux trous noirs au côté droit !

Le pauvre père faillit s'évanouir. Une folle rage monta en lui. On avait tué sa fille. Il tonna, pleura, donna des coups de pied, des coups de poing à un pin situé un peu plus bas vers le ruisseau. Il était fou de rage, le père Guidicelli ! On avait tué sa fille ! Qui pouvait l'avoir tuée ? Et pourquoi ?

- Celui qui a fait ça, je le tuerai ! Je le jure, dussè-je aller en prison jusqu'à la fin de mes jours, je le tuerai !

Cette résolution le calma. Il avait maintenant deux missions sur terre pour le reste de ses jours :

Enterrer sa fille dignement !

Tuer son assassin !

Ce programme lui redonna du courage. Il n'avait plus le droit de gaspiller ses forces. Il dit :

- Je ne savais pas que de tels salauds existaient sur terre !

Il prit sa fille par le torse et d'une force herculéenne la tourna et la mit en un seul geste sur son dos. Son compagnon saisit les pieds. Il n'eut qu'à suivre en l'aidant.

Ils montèrent ce ravin abrupt parmi les ronces qui s'agrippaient à eux comme si elles ne voulaient pas laisser partir leur protégée. Mario, sûr de sa force, avec dans la tête la résolution d'accomplir une noble tâche, assurait son pas sur la roche ou sur la terre, calait son pied de son mieux, puis montait l'autre pied d'un échelon, pas à pas avec une volonté farouche et un courage surhumain. Son destin était désormais tracé, marqué sur un parchemin. Se surpasser était son devoir. Il avait l'impression que, comme le Christ, il gravissait son Golgotha ! Des ronces, des épines éraflaient son front, ses tempes, ses joues. La lutte fut longue. Jamais il ne protesta, jamais il ne jura ! Il pensait aux stations du chemin de croix dans l'église de son village du Piémont le vendredi Saint quand il n'était qu'un bambin. Une main invisible l'aidait, le confortait dans sa dure ascension.

Enfin la route !

- Posons-la sur l'herbe. Comme ça, bien à plat. Merci ! Sans toi, je n'aurais pas pu la remonter ! Tu es mon Simon de Cyrène… Je t'en serai éternellement reconnaissant.

Jérome Calmels s'épongeait le front avec son mouchoir à carreaux. A ses mots, il marqua un temps d'arrêt :

- Quelle mouche l'a piqué ? pensa-t-il. De qui me parle-t-il ? Qui est ce Simon de Cyrène ? Il débloque, le père Guidicelli ! L'émotion, sûrement !

Malgré son désespoir, l'amitié de Jérôme ainsi que la réussite de son défi - remonter sa fille du ravin - lui redonnèrent confiance. Le début de son long chemin s'annonçait bien. Ses forces étaient intactes. Il n'avait pas faibli, ni failli au milieu de la pente !

- Je vais approcher le tilbury. Nous allons la charger sur le plancher.

Ce fut fait.

- Merci, Jérôme ! Rentre chez toi ! Ta femme va s'inquiéter !

Il fouetta son cheval et le tilbury s'élança sur la route. Il la ramenait à Beauregard chez elle, chez eux ! Il la montera dans sa chambre. Soudain, il se souvint : le castelou possédait une chapelle. Elle n'était plus en usage depuis longtemps. Elle avait été construite en même temps que le château, au dix-huitième siècle, par le marquis de Beauregard, allié aux Téniers, seigneurs de Sainte Geneviève. En vingt-trois ans, il ne l'avait visité que deux fois dans l'intention d'en faire un débarras. Il avait promptement renoncé, frappé par la « sainteté » des lieux. Un Christ en croix surmontait un petit autel placé au fond le long du mur. Une vierge Marie semblait le prier à genoux dans une petite loge du mur latéral. Une seule fenêtre en plein cintre éclairait les lieux. Sa fille reposera là dans cette chapelle abandonnée en attendant une sépulture digne de son calvaire de femme amoureuse, pensa-t-il.

Madame Guidicelli attendait en pleurs au milieu de la cour. Quand elle vit le tilbury emprunter la pente, elle alla à sa rencontre. Celui-ci stoppa à sa hauteur.

- Ma pauvre fille ! Nous t'avons retrouvée enfin… morte !

Elle l'embrassa, la caressa, se lamenta un long moment. Son mari avança le véhicule devant la chapelle.

- J'ai pensé qu'on pourrait la déposer dans ce lieu !

- Tu penses ? Il faut voir d'abord dans quel état, il est !

- Tu sais où est la clé ?

- C'est la grosse clé accrochée dans l'entrée !

La porte à deux-battants s'ouvrit en grinçant. De prime abord, ce lieu était une glacière à l'atmosphère confinée. Les murs grisâtres suintaient l'humidité. Du salpêtre jonchait le sol. Le plafond voûté avait des traces jaunâtres au-dessus de l'autel, témoin d'une fuite de la toiture. Le Christ était souillé de toiles d'araignées. Du salpêtre s'était déposé sur sa couronne d'épine. La robe bleue de la Sainte Vierge était ternie et délavée.

- Allez ! On nettoie tout ça.

Il appela son garçon d'écurie…

Ils saisirent deux balais pendant que sa femme et sa cuisinière époussetaient les personnages et les toiles d'araignées autour de la fenêtre. Deux tréteaux furent amenés ainsi qu'une forte et large planche. Un grand drap blanc les cacha et on entreposa la dépouille mortelle de Clara dans cette chapelle glaciale. Deux chandeliers furent placés de chaque côté sur lesquels on mit de gros cierges. On amena deux prie-Dieu et quelques chaises.

- Je n'ai plus qu'à prévenir les gendarmes !

- Je passerai au presbytère demander au curé qu'il se déplace pour une bénédiction…

La veillée funèbre de Clara.

Dès ces préparatifs achevés, le couple Guidicelli grimpèrent dans leur tilbury pour galoper vers le bourg. L'épouse fut déposée devant le presbytère adjacent à l'église tandis que le mari galopait vers la gendarmerie.

Le père Guidicelli fit irruption dans celle-ci :

- Il est là, le chef Gallinérac ? C'est à lui que je veux parler !

Le planton derrière son comptoir essaya de canaliser cette fougue :

- Que puis-je faire pour vous, Monsieur Guidicelli ? Avez-vous quelque chose d'importance à déclarer ?

Ces voix fortes firent sortir l'adjudant-chef Gallinérac de son bureau.

- Du nouveau M. Guidicelli ?

- J'ai retrouvé ma fille morte, et le pire ! Assassinée au fond du ravin de Bénaven !

- Comment ? Vous en êtes sûr ? Tenez, entrez dans mon bureau.

Mario résuma les derniers rebondissements de l'affaire.

- C'est un crime, insista le gendarme d'une voix péremptoire. Nous allons donc constater les faits, demander à « Barbichou » de passer et de nous établir un certificat de décès, puis nous mènerons l'enquête afin d'arrêter les assassins.

« Barbichou » était le surnom du vieux médecin du canton. La majorité des gens du pays avait oublié son vrai nom. Il devait ce sobriquet à une barbichette poivre et sel pour ne pas dire quadrichrome car à côté des poils bruns et blancs, on dénombrait aussi du roux et du blond. On lui octroyait toutes les qualités d'un vieux médecin de campagne : la disponibilité, la clairvoyance, la bonhomie, la bonté. Certains lui attribuaient des miracles. Quelques harengères racontaient au lavoir qu'il suffisait qu'un enfant lui touche la barbe avec sa main droite pour qu'il guérisse instantanément des pires maladies au nombre desquelles figuraient la méningite ou la tuberculose. Quand un incrédule demandait à l'intéressé s'il confirmait ses pouvoirs magiques, il ne démentait jamais et un sourire énigmatique se dessinait sur ses lèvres.

Le père Guidicelli, dans le bureau du gendarme, répéta une seconde fois :

- Je veux savoir quels sont les salauds qui l'ont tuée ! M'entendez-vous ?

- C'est notre rôle et vous pouvez avoir confiance dans la gendarmerie ! Nous ferons le maximum ! Allez ! Rendez-vous dans une heure à Beauregard ! Nous arrivons pour constater les faits.

Mario reprit sa femme devant le presbytère.

- Le curé m'a promis de passer dans la soirée. Il m'a proposé de nous envoyer quelques bonnes âmes pour la veiller en récitant des prières. J'ai dit que ce n'était pas dans nos traditions. Ai-je bien dit ?

- Oui, laissons-la reposer en paix. Nous la pleurerons ensemble... Les gendarmes de même que « Barbichou » vont venir pour les besoins de l'enquête.

- Elle aura de la visite notre pauvre Clara !

Le docteur Cransac dit « Barbichou » habitait en face de la gendarmerie à la sortie du bourg sur la route de Laguiole. Un gendarme le vit rentrer de ses visites auprès des malades. Il traversa la route pour le solliciter avant qu'il dételle le cheval de son tilbury.

- Mince ! dit-il. Un crime dans notre canton.

Le dernier remontait à 1934 quand le fils Lavassérac avait tué son père alcoolique et violent à coups de hache lors d'une grave dispute. C'était loin... Mais la petite Clara qu'il avait connue dans ses langes ! Comment était-ce possible ? Il était certain que le procureur le réquisitionnerait pour pratiquer une autopsie ! Il avait horreur de découper la chair morte ; découper le cadavre de Clara lui répugnerait au plus haut point ! Cette petite fille qu'il avait vu grandir et s'épanouir !

- Impossible, je n'en aurais pas le cœur ! dit-il à voix haute.

Il maudit sa fonction. Il fit faire demi-tour à sa carriole tirée par une jument docile et infatigable. Lui aussi avait remisé son automobile, une rutilante traction Citroën dont il était si fier ; toujours le manque de carburant. Beauregard n'était pas si loin, à peine quatre kilomètres.

Quand il arriva au castelou, le propriétaire des lieux l'attendait dans la cour, les mains dans les poches.

- Vous voilà, docteur !

Le ton était rude.

- Et, oui, et pour un motif des plus tristes et auquel je ne m'attendais pas, tout comme vous, mon pauvre Mario !

- Perdre un enfant est la pire des choses mais savoir qu'on l'a tuée ! Assassinée ! Je ne saurais dire ma haine contre ceux qui ont été capables d'un tel acte de barbarie !

Ils entrèrent dans la chapelle où reposait Clara. Un linceul la recouvrait. Barbichou le souleva. Il constata le bon état de conservation du corps raidi par le gel.

- Depuis combien de temps avait-elle disparue ?

- Environ un mois ! Le vingt-deux octobre exactement !

Un silence suivit. Le médecin se pencha sur le cadavre.

- Docteur, je ne veux pas qu'on fasse d'autopsie à ma fille ! Vous comprenez ?

- Je suis bien d'accord avec vous. Je refuserai toute réquisition à cette fin. Vous pouvez compter sur moi !

- Ils enverront un légiste de Rodez ? C'est pire !

- Par les temps qui courent, ça m'étonnerait ! Ils se contenteront de mon rapport… Je vais regarder les plaies en écartant le tissu. Vous ne me dérangez pas, mais, si c'est insupportable pour vous, sortez un instant.

- Non, je veux les voir aussi. L'insupportable est omniprésent, partout et jusqu'à la fin de mes jours !

Les balles avaient traversé la veste, le pull, le corsage souillés de sang noir coagulé. Barbichou enfila des gants. Il écarta doucement les épaisseurs de tissu. Il observa les deux énormes trous du thorax droit, y mit ses doigts.

- Fusil de guerre, dit-il.

Il fit le tour du corps, écarta les tissus de ce côté et constata que les balles étaient ressorties de l'autre côté, un peu plus bas. Il remit les vêtements en place.

- Bon, je n'ai plus qu'à rédiger mon certificat et à le remettre en passant à la gendarmerie…

- Entrez-vous assoir à la maison. Vous y serez mieux. Il fait un froid de canard dans cette chapelle !

Barbichou était souvent venu au château de Beauregard pour soigner la famille Domergue puis Guidicelli. Il avait ses habitudes. Il s'asseyait en bout de table le dos au feu. De cette place, il admirait un moment l'immense salle voutée, les murs bruts, à la pierre apparente, le décor d'armoiries, de lances et d'épées accrochées aux murs depuis plusieurs générations. L'austérité et la grandeur de cette salle illustraient à merveille la dureté et la magnificence de la vie de ces paysans-châtelains.

- C'est une véritable demeure seigneuriale, certes d'une autre époque, mais avec un charme fou… un peu grandiloquent ! se disait-il à chaque fois en lui-même.

Pour lui Beauregard était avant tout un château, reposant dans son écrin de verdure au-dessus des gorges de la Truyère. C'était un joyau qui étincelait de son passé dans un présent effroyable et triste. Il haussait les épaules quand les gens en parlaient comme de « la ferme des Italiens ».

- On ne peut que s'émouvoir devant tant de beauté ! Du haut de sa haute tour, trois siècles d'histoire de France, vous contemplent, pensait-il.

Tandis que Barbichou rédigeait son certificat, on entendit les chiens aboyer. Deux gendarmes dévalaient la pente sur leurs bicyclettes.

- Je vous laisse, un instant… la maréchaussée !

Les gendarmes constatèrent la même chose. Le propriétaire les invita à entrer pour boire un verre.

- Ce n'est pas de refus, par ce froid !

- Un petit verre de prune va vous réchauffer, vous allez voir !

- Vous tombez bien, fit Barbichou. Je viens de terminer mon certificat ! Le voilà.

Les gendarmes lurent à voix haute :

« Moi, soussigné, docteur Cransac Victor, dit Barbichou, certifie avoir constaté ce jour vingt-trois novembre 1943, le décès de Clara Guidicelli, âgée de vingt et un ans, survenu par balles. Elle présente deux trous de deux centimètres de diamètres situés au niveau des troisième et quatrième côtes droites. Ces trous ayant provoqués la mort sont, de toute évidence, des trous de balles de fusils de guerre.

Les balles sont ressorties du côté gauche au niveau des sixième et septième côtes.

« Le décès semble remonter à la date du vingt-deux octobre 1943.

« Certificat établi sur réquisition à la demande de la gendarmerie ».

Ce certificat sur papier jauni par les années, rendu presque illisible, a été retrouvé au greffe du tribunal de grande instance de Rodez.

Le gendarme réfléchit :

- J'en déduis que les assassins étaient en position surélevée ! C'est un traquenard prémédité ! Nous allons continuer l'enquête… On vous tient au courant !

Le gendarme Gallinérac.

L'adjudant-chef Gallinérac savait… Il savait surtout que la France en collaborant de cette manière avec les nazis, se déshonorait.

Il était assis dans son petit bureau, le dos tourné au chef de l'état, le Maréchal Pétain. Il pensait : « Comment suis-je devenu gendarme ? »

C'était assez simple ! Il avait une place d'ouvrier dans une usine textile de Périgueux. Après quatre semaines de grève en 1936, l'usine avait fermé. Il s'était retrouvé au chômage. Dans sa famille, il n'y avait pas de pire tare que l'oisiveté. Au bout d'une semaine passée à errer dans les rues de sa ville natale, Périgueux, à la recherche d'un emploi, il remarqua une affiche placardée sur le mur de la mairie qui disait : « Engagez-vous dans la gendarmerie ». Il trouva sa voie, celle du droit, celle de faire respecter les lois de la troisième République qui protègent les citoyens, qui punissent les violences, le vol et le crime. C'était un « bon gendarme » Il possédait cette intelligence logique qui lui avait fait élucider plusieurs crimes à partir des simples données.

Il savait que depuis 1941, et même peut-être avant, le « vainqueur de Verdun » n'était plus que la courroie de transmission d'Hitler, qu'avec Laval et les lois de violences raciales et idéologiques, l'état Français avait atteint un point de non-retour : celui du déshonneur et de l'opprobre !

Quelques mois auparavant, il avait reçu la mission d'arrêter la seule famille juive du canton. Monsieur Abraham, tailleur de son état, tenait avec sa femme la boutique de linge, textile et prêt-à-porter de la place. Ils avaient deux enfants. Son sang ne fit qu'un tour. Comment pouvait-il devenir le complice d'une telle absurdité : l'arrestation d'une honnête famille de Français moyens pour la seule raison qu'ils étaient d'origine juive ? Le soir, il revêtit ses habits civils et prétextant l'envie de se promener, il alla frapper aux vitres du tailleur :

- Il faut vous sauver, M. Abraham, vous et votre famille. Nous avons reçu la terrible mission de vous arrêter tous les quatre, pas plus tard que demain à la première heure !

- Ce n'est pas possible…

- L'Allemagne impose à Vichy de telles absurdités ! Je vous en prie : sauvez-vous ! Sinon vous serez déportés en Allemagne ! Croyez-moi ! Je le sais !

Le tailleur écouta son conseil. Il rejoignit le « bout du monde » dans le but de se cacher et d'entrer dans la résistance. Sa femme et ses enfants purent vivre dans une ferme du côté de Pierrefort en attendant la libération.

Ce gendarme avait le don de double vue. Il savait qu'en cette fin 1943, le Reich, Vichy, les collabos n'en avaient plus pour longtemps et qu'ils paieraient bientôt l'addition de leurs crimes.

Il déchiffra à voix haute le certificat griffonné par Barbichou que lui tendait son subordonné. Son intelligence cartésienne comprit tout.

Il relut deux fois à voix haute : « Deux gros trous de deux centimètres de diamètre au côté droit. Trous provoqués par fusils de guerre. »

Il savait que les Allemands dans ce contexte, n'avaient pas de raison de tuer Clara, que par conséquent, c'était le maquis… et pour des motifs qu'il supputait, qu'il comprenait… Il savait que les réfractaires du S.T.O. de même que les nombreux persécutés du régime dont Monsieur Abraham, se cachaient « au bout du monde. » Pourquoi ? Parce que lui-même, s'il était proscrit, se cacherait dans cet endroit idéal, et aussi parce qu'il avait de grandes oreilles qui entendaient les secrets murmurés au bar par des vantards avinés. Il savait encore que les maquisards avaient changé d'endroit parce qu'un proscrit s'il ne veut pas se laisser prendre doit être mobile. A plus forte raison s'ils sont plusieurs dizaines… L'habitude, le bon sens, la déduction… Il savait… Oui ! Il savait l'adjudant-chef Gallinérac !

- Alors, chef, quels sont les ordres ?

- On enquête, on collecte des informations que vous me transmettrez ! Et on attend les ordres du procureur !

Le gendarme Galinérac, adjudant-chef de surcroit, savait ! Toute enquête était superflue et mal venue.

La gestapo « au bout du monde ».

Ce matin-là, le père Rigal fut réveillé par les aboiements itératifs de ses deux chiens. Ils hurlaient comme des bêtes sauvages, en tirant sur leurs chaines.

- Tu entends ? dit-il à sa femme. Ils n'aboient jamais, sauf pour signaler un intrus !

- Je les connais. Ils sont inquiets !

Il se leva, regarda par la fenêtre de la salle de séjour. Une bonne couche de neige était tombée dans la nuit et nappait d'une pureté surnaturelle les arbres et les toits. Les chiens insistaient rageurs, déchainés.

- Je vais voir.

Il enfila sa canadienne par-dessus son pyjama, mit ses sabots.

- Doucement, les chiens…

Il les détacha et monta avec eux jusqu'à la barrière. Deux camions militaires projetaient leurs ombres grises dans le noir de la nuit. Le cabriolet de la gestapo était stationné un peu plus loin, tous feux éteints. Les chiens grognaient auprès de lui en découvrant leurs crocs.

- La gestapo donne l'assaut au refuge du « bout du monde ». J'espère qu'il n'y a plus personne car, avec cette neige, ils ne pourront pas s'enfuir par le chemin abrupt de la falaise sans se rompre le cou ! Tout doux les chiens ! On rentre !

Il rentra avec les chiens qui coururent se chauffer au cantou.

- Pourquoi rentres-tu les chiens ? Ils sont tout crottés !

- La gestapo est là-bas, deux camions… plus la Mercédès ! Une vingtaine d'hommes ! Il vaut mieux être discret !

Le lieutenant SS commanda :

- Vous vous déploierez en silence le long de la route ; on attend le lever du jour pour attaquer !

Vingt minutes passèrent dans un froid glacé. La pénombre s'estompa. Le jour se leva sur la forêt enneigée. Une vingtaine d'hommes sautèrent des camions, le fusil-mitrailleur en bandoulière.

- Tenez-vous prêts !

Ils engagèrent le chargeur. L'officier observait, tendait l'oreille. La neige du chemin était immaculée.

- La neige, tombée cette nuit, a pu recouvrir toutes les traces de piétinements, dit-il à son adjoint.

On entendait dans le lointain les chiens du village de Mels qui aboyaient. Ils avaient détecté leur présence. Quand ils cessaient, un silence oppressant s'abattait sur la campagne.

- Suivez-moi ! dit le lieutenant.

Il sortit son arme de poing de l'étui et prit le sentier le premier. Il marchait à grands pas, le pistolet pointé en avant Ses souliers ferrés crissaient sur le sol gelé. Ils glissaient quelquefois sur les pierres rendues invisibles sous la neige. Il jurait.

Ils arrivèrent à la clairière. Aucune trace d'un quelconque maquis ne put être constatée : pas de trace de pas, pas de feu de camp, rien ; aucun indice de présence humaine. Ses mouchards étaient nuls ou s'étaient moqué de lui. Il fit signe à ses hommes d'explorer la forêt et remit son arme dans l'étui.

Les SS se dispersèrent parmi les arbres tandis que certains suivaient des sentiers. Ils revinrent tous bredouilles

- Rien ! Mon lieutenant !

- Une grange en ruine, sans trace d'habitation, c'est tout.

Le lieutenant se déplaça pour voir. Les tôles s'étaient envolées et reposaient éparses tout autour. La ruine était recouverte de neige.

- Il n'y a personne ici. Opération terminée !

QUATRIEME PARTIE :

VERS LA VICTOIRE.

L'installation à la Bastide.

Revenons un mois et demi avant environ, au lendemain de l'exécution de Clara Guidicelli.

Nous sommes le vingt-trois octobre 1943. La nuit tombait quand le dernier groupe de six hommes arriva à la Bastide. Le sergent fit le tour des chefs des décades. Personne ne manquait. Ils étaient quarante réunis dans la grande salle qui leur parut trop petite. Une quinzaine se serraient autour de la table, Six se chauffaient au cantou, Les autres étaient assis ici ou là sur une chaise, un banc ou à même le sol. D'autres restaient debout. Un guetteur au grenier montait la garde devant une large baie partiellement ouverte qui avait servi à l'engrangement du foin. Il observait le chemin d'accès à la Bastide et pouvait voir jusqu'à la route départementale si le temps était clair comme ce soir-là. On relayait ce garde toutes les demi-heures pendant l'assemblée du diner.

La soupe fumait dans les bols, les timbales et les assiettes. L'atmosphère était joyeuse. On avait un toit pour passer l'hiver. Il se promettait d'être rigoureux. Une carafe de vin de table circulait.

Le chef Guitoun se leva et réclama le silence :

- J'ai de bonnes nouvelles à vous communiquer ! Le premier parachutage d'armes et de munitions est annoncé pour demain soir. A ce titre André est nommé par la hiérarchie sergent. Il sera responsable de la réception et du stockage des armes. Il aura pour adjoint Pierre et choisiront dix hommes pour les aider. Je superviserai cette étape importante.

Ensuite et dès le lendemain, c'est moi qui vous instruirai sur le maniement du matériel qu'on aura reçu.

Nous sommes quarante dans ce lieu isolé. C'est beaucoup. Il ne faut pas attirer l'attention. Ne traînez pas dans les villages où tout le monde se connaît et où un « étranger » quel qu'il soit, est tout de suite repéré et attire la curiosité de la population. Par contre, à l'arrière de la ferme, s'étendent les champs et les bois. Il y a notamment le vallon du Ruols, situé à deux kilomètres, très profond et touffu. Les champignons, le gibier y foisonnent. Nous chasserons pour les besoins de la table ; les lapins seront attrapés de préférence avec des collets. Les coups de feu se répercutent et pourraient à la longue attirer l'attention. Par conséquent, c'est moi qui distribuerai, avec parcimonie, les fusils de chasse et les cartouches. La plupart d'entre vous savent poser des collets et les autres apprendront vite…

Le parachutage est prévu vers minuit sur le sommet du plateau. André et Pierre allumeront deux grands bûchers distants de cent cinquante mètres qui guideront l'avion dans la nuit.

Les containers d'armes seront stockés dans des endroits prévus par André. Voilà, c'est tout !

Des applaudissements enthousiastes fusèrent. On était fin octobre 1943. Et les hommes saluèrent d'un hourrah leur réelle entrée en résistance.

Les parachutages.

Une fine couche de neige recouvrait le sol ce matin-là. L'air était sec et froid. Le gel grinçait sous les pas. Un soleil aveuglant se reflétait sur la blancheur vive, immaculée. La météo paraissait bonne et le premier parachutage aurait lieu si aucun autre élément ne venait l'empêcher.

La nature était silencieuse. Les hommes sortaient un à un, un moment éblouis par la lumière vive. Le sergent-chef les regardait piétiner le givre en s'amusant à le faire craquer sous leurs pieds. La plupart étaient en loques : pantalons usés, laissant entrevoir leurs genoux, les vestes et les pulls étaient effrangés et sales. Les chaussures étaient usées jusqu'à la corde ! Elles n'étaient pas conçues pour marcher dans la neige. Les chaussettes trouées étaient complétées par des chiffons, ce qui n'empêchait pas leurs détenteurs d'avoir les pieds transis. Leurs orteils étaient couverts d'engelures. Entraîner un bataillon de quarante hommes vêtus et chaussés de cette manière par ce froid lui parut un exploit surhumain. Pourtant il le faudrait bien. A moins qu'on leur parachute des vêtements et des rangers !

Beaucoup étaient arrivés avec leurs chaussures de ville, il y avait déjà plus de six mois. Les chemins caillouteux avaient eu raison de leur robustesse.

- Comment pourrai-je emmener cette troupe au combat s'ils ne peuvent marcher, descendre dans les ravins, les remonter, ou se replier avec promptitude, en cas de nécessité, devant un ennemi supérieur en nombre et en armement ?

Guitoun était pessimiste. Il ne l'exprimait pas. Les hommes au contraire étaient joyeux ; ils montraient leur espoir en se frottant les mains pour les réchauffer.

André réfléchissait : tout était prêt. Il savait où entreposer les armes en attendant qu'elles soient distribuées. Le bois était sec dans le bûcher. Il s'enflammera à la moindre étincelle. Il regardait les autres. Il aurait voulu sonder la conscience de chacun. Qui étaient les trois salauds qui avaient pu tirer sur la belle cavalière ? Puis il chassait cette idée, la combattait. S'il savait, il éprouverait une haine farouche vis-à-vis d'eux. C'était mieux d'ignorer et d'oublier. Sur ces quarante hommes, combien connaîtront la paix retrouvée ? Combien participeront à la reconstruction de la France ? Combien bâtiront ce monde meilleur et fraternel sans haine, même pour l'ennemi vaincu, et sans guerre ? Tous ? Aucun ? Qui le savait ? Ses yeux s'élevaient vers le ciel… Dieu ? Il n'existait pas ! S'il existait, il empêcherait de telles abominations !

Une équipe enthousiaste se forma. Ils prendraient le chemin de la forêt, descendraient dans le ravin pour explorer, repérer les traces de gibier, poser des collets. D'autres regarderaient sous les pins, s'il restait des champignons, les « petits gris » tant appréciés avec les plats de gibier. Devant cette gaîté, le chef distribua deux fusils de chasse à des hommes de confiance et seulement quelques cartouches.

- Ne tirez qu'à coup sûr sur le gros gibier, sanglier ou cervidé. Il y a peu de chance que les coups de feu s'entendent, car nous sommes loin de tout, mais songez-y quand même.

Les hommes partirent par groupes de quatre ou cinq. « Les voilà occupés jusqu'à midi. C'est bien ! » se dit-il.

Les hommes d'André et Pierre s'activèrent pour préparer les bûchers devant guider le parachutage. Les uns fendaient le bois à la hache, d'autres le sciaient. Ils mirent de la paille en-dessous, du petit bois mort au-dessus et enfin les bûches qu'ils transportaient dans leurs bras. A midi les deux bûchers distants de deux cents mètres, étaient prêts.

Les chercheurs de champignons étaient déçus. Les fameux petits gris étaient déjà gelés même ceux cachés sous les aiguilles de pin. Ils avaient découvert un châtaignier et ses nombreuses châtaignes gisant à terre parmi leurs bogues et les feuilles mortes. Quant aux chasseurs, ils manifestaient leur joie par de grands signes ! Une biche broutait l'herbe sèche à l'orée de la forêt. Elle s'était sauvée à leur approche et un seul tir d'Antonio avait suffi pour l'abattre. Ils la ramenaient sur leur dos. Elle pesait bien une cinquantaine de kilos. Le premier avait les pattes avant de l'animal qui pendaient de chaque côté de son buste, tandis que le second avait le ventre sur son dos et tenait les pattes arrière. Ils la confièrent au « cuistot » qui les félicita largement.

Cette journée était cruciale. S'ils avaient leur premier parachutage, ils ne se sentiraient plus seuls, perdus au milieu de nulle part. Les hommes, restés à la Bastide, montraient leur impatience. Ils tournaient en rond.

Le génie du meneur d'hommes qu'était Guitoun, le sentit. Il constitua un commando de quinze hommes munis de tous les outils tranchants qu'ils purent trouver dans les bâtiments et annexes : sécateurs et cisailles, scies, pioches, croissants et faucilles. Il fallait créer un sentier à travers les taillis pour traverser le ravin du Ruols. C'était un travail de longue haleine, même pour un commando de cette taille. Ils travaillèrent d'arrache-pied jusqu'à la nuit tombante. Un sentier d'une longueur d'environ deux kilomètres se constitua peu à peu. Il descendait en serpentant jusqu'au torrent, le longeait en remontant son cours. La nuit tombait. Les hommes rentrèrent fourbus en se promettant de revenir le lendemain pour finir le travail.

Demain, ils feraient un pont sur le torrent avec des arbres. La remontée de l'autre côté paraissait ardue mais moins touffue. Ainsi serait constitué un chemin discret qui leur permettrait de fuir un ennemi supérieur en nombre. Guitoun savait déjà que, quand sonnerait l'heure, c'est par là que son bataillon partirait pour se porter à l'endroit où l'ennemi serait enfin pris au piège dans une embuscade périlleuse.

Le diner fut joyeux. Le chef consentit à mettre quelques bouteilles sur la table et les hommes chantèrent des refrains d'avant-guerre.

Dès vingt-et-une heure trente, l'équipe d'André et de Pierre se tenait prête sur le plateau derrière la Bastide. La nuit était claire et froide. Le thermomètre affichait déjà moins dix. La pleine lune éclairait les visages anxieux. Le sol gelé était recouvert d'une fine couche de neige qui réfléchissait les rayons lunaires. On alluma les buchers qui flambèrent en un instant. L'attente anxieuse commença. Tous les hommes scrutaient le ciel.

- La météo est idéale !

- Tu crois que le parachutage aura lieu ?

- J'espère bien ! Depuis qu'on l'attend, qu'il est promis et annoncé… Quelle serait notre déception, si pour une quelconque raison, il était annulé !

Soudain, on entendit un petit vrombissement dans le lointain. Onze paires d'oreilles se dressèrent :

- Ecoute…
- Oui, c'est un avion !
- C'est lui !

Le vrombissement se rapprochait, semblait hésiter, cherchait peut-être…

On activa les buchers. On y jeta du bois sec, de la paille, on souffla sur les braises. Le feu crépita ; les flammes jaillirent, éclairèrent la nuit d'une clarté joyeuse. L'aéronef se rapprochait. Il passa au-dessus d'eux et onze paires de bras se levèrent, onze bouches crièrent :

- C'est ici ! Ouh ! Ouh ! C'est ici !

L'avion se ravisa, opéra un demi-tour et lors de son deuxième passage, largua ses colis. Les parachutes s'ouvraient un à un. Les hommes criaient des hourrahs de joie ! L'avion fit un troisième passage pour larguer ses deux derniers colis. Il s'éloigna enfin…

L'équipe qui aurait dû rester au chaud à l'intérieur de la Bastide, était sortie malgré les consignes. Elle ne put s'empêcher d'accourir pour constater l'ampleur du largage et aider à la récupération. Douze containers s'étaient posés en douceur. L'ordre fut donné de plier les toiles de parachutes. Le froid dans les bâtiments était intense et les hommes grelotaient la nuit. La toile leur servirait de couverture.

On transporta les lourdes caisses avec précaution. La curiosité était si grande qu'on en ouvrit quelques-unes à la clarté de la lune. Elles contenaient des mitraillettes. Elles furent distribuées illico. Le chef se réserva d'attribuer les chargeurs le lendemain. L'enthousiasme était tel qu'il craignait d'être débordé !

- Demain matin à la première heure, topo sur leur maniement !

Les hommes aguerris, ceux de la guerre d'Espagne, s'en virent confier et montèrent la garde pour la première fois avec des armes chargées.

- Demain, il fera jour, et nous ouvrirons les autres caisses.

Celles-ci furent transportées et empilées dans la grange. Un garde armé veillait sur elles.

Désormais, les hommes pourraient se défendre. Ils n'étaient plus des fugitifs qu'on pouvait arrêter à tout moment. Bientôt, ce serait eux qui attaqueraient l'ennemi.

Le lendemain matin, le petit-déjeuner fut vite expédié. L'intense bavardage des hommes exprimait leur impatience de découvrir le contenu des containers. Guitoun les fit ouvrir sans tarder. Il distribua les armes au fur et à mesure de leur découverte : fusils mitrailleurs, revolvers, grenades. Il y avait une mitrailleuse Hotchiss et un bazooka. Il fit la grimace. C'était encore insuffisant pour attaquer une colonne allemande même par surprise. Il avait deviné le plan de l'état-major. Quand les alliés débarqueront au nord, le rôle de l'armée de l'intérieur sera d'empêcher les troupes allemandes du Sud de la France de se porter au secours de celles du Nord. La Bastide n'était pas loin de la route nationale Rodez-Clermont-Ferrand. Avec d'autres maquis, ils se concentreraient pour leur tendre une embuscade, détruire le maximum de matériel et retarder leur progression. Ce serait chaud.

Tous les espoirs étaient permis. Un deuxième parachutage était prévu la semaine d'après. Il devait instruire, aguerrir son bataillon, le discipliner. Le succès de leur action ainsi que la préservation d'un maximum de vies humaines dans leurs rangs dépendaient directement de leur instruction et de leur aptitude à combattre. Cette tâche lui parut ardue. La plupart de ses compagnons n'avaient jamais eu d'arme entre les mains. Il sut s'entourer de trois anciens de la guerre d'Espagne : un des brigades internationales et deux républicains Espagnols. Des groupes de dix furent constitués pour l'instruction théorique et l'entrainement physique.

La visite du commandant.

A la nuit tombante, le garde du plateau vit apparaitre au loin une silhouette sombre qui s'approchait à pas mesurés à travers la prairie enneigée. Assis sur son muret de pierre, le fusil mitrailleur en main, il se contentait d'observer. Pas besoin de donner l'alarme. Ce solitaire désarmé était un messager. A trois cents mètres environ, il reconnut la démarche et l'allure du capitaine Charlus. Il se porta à sa rencontre.

- Salut, mon capitaine !

Il le déchargea de son lourd sac à dos.

- J'étais ce matin à Lacalm. Que c'est loin votre Bastide… avec toute cette neige ! Il y a eu des endroits où je me suis enfoncé dans plus de cinquante centimètres !

- Il est lourd votre sac ! Qu'est-ce qu'il contient ?

- De la bouffe ! Pardi ! Le charcutier de Lacalm m'a donné jambon, pâtés et saucissons. Je suis bien tombé. Il venait de tuer un cochon !

- Alors, ça va être la fête !

- Je suis porteur de bonnes nouvelles !

- Lesquelles ?

- Je les réserve pour le repas. L'assemblée ne sera pas déçue !

Les hommes saluèrent le capitaine Charlus avec plaisir. Ils souffraient de leur isolement et tout visiteur apportant du nouveau était applaudi et fêté. Le sac à dos fut déballé sur la grande table. Il souleva l'enthousiasme général.

Les cuistots préparèrent les plats, Charlus demanda le silence :

- D'abord un nouveau parachutage aura lieu vendredi prochain, même heure, si la météo le permet. Je ne sais pas ce qu'il contiendra ! Il complètera votre équipement qui, pour l'instant, reste insuffisant… Au printemps, quand la neige sera fondue, c'est-à-dire vers la fin avril, vous quitterez la Bastide pour prendre position autour de la nationale Millau, Saint-Flour, le col de la Fageole, Clermont-Ferrand. Tous les maquis d'Auvergne seront mobilisés. Comme vous le savez les Allemands reculent partout, sur le front de l'Est, au Sud en Italie. Le moment sera venu pour les alliés d'ouvrir un nouveau front et de débarquer au Nord. Où et quand ? Je ne le sais pas. C'est pour le printemps prochain. Le rôle de l'armée de l'intérieur sera d'empêcher les renforts allemands de remonter pour prêter main forte à leur armée en difficulté au Nord. La résistance du Vercors et des Alpes barrera la vallée du Rhône. En Auvergne nous avons la dure besogne de dresser des barrages sur la nationale neuf et ses déviations possibles. Pour cela il vous faudra un bon équipement et un entrainement suffisant. A cette fin, les chefs des dizaines sont nommés sergents et Guitoun prend dès maintenant le grade de lieutenant. J'ai été moi-même promu commandant par le général de Gaulle.

Un dernier mot concernant la sécurité : Tout paraît calme dans le coin, mais continuez de vous méfier. Près de Millau, un maquis comme le vôtre d'une cinquantaine d'hommes qui se cachaient dans une ancienne carrière, a été attaqué par l'armée Allemande. On parle de deux cents hommes puissamment armés. Les résistants ont laissé dix des leurs sur le terrain. Ils ont réussi à décrocher, fuir et se disperser. Donc méfiez-vous et dites-vous que si les Allemands vous attaquent, ce sera au petit jour avec une supériorité en hommes et en armement. Prévoyez donc des chemins de retraite. Ce n'est pas le moment de gaspiller nos forces. L'heure du combat va bientôt sonner. Allez ! A table !

Charlus en avait terminé. Des réjouissances très relatives pouvaient commencer. Quelques bouteilles de vin furent montées de la cave. Le pain manquait cruellement. Les châtaignes ramassées à foison pendant l'automne composaient souvent le repas du soir. Les pommes de terre du père Paulhac agrémentaient l'ordinaire. A chaque voyage, André voyait le tas diminuer avec anxiété. Le mulet connaissait tellement bien le chemin qu'on aurait pu le laisser aller seul si son précieux chargement n'avait pas été l'objet d'un intérêt majeur !

Les hommes bavardaient gaîment. L'action qu'on espérait, se profilait. On allait enfin se battre et contribuer à la victoire finale. Les Français ne seraient pas libérés que par les alliés, ils contribueraient aussi à leur libération, et ainsi, sauveraient l'honneur de la France en tentant d'effacer le déshonneur de la collaboration de Vichy. Ils étaient impatients que ce long hiver se termine, et, de plus en plus déterminés à s'entrainer pour pouvoir affronter l'ennemi avec le moins de pertes possibles.

Le deuxième parachutage.

Il eut lieu la semaine suivante. Un épais manteau de neige recouvrait la campagne. Il gelait à pierre fendre. Une bise légère soulevait la poudreuse. Les hommes transis surveillaient le ciel étoilé. Une lune complice éclairait les champs enneigés. Les buchers flambaient, grésillaient et pétillaient sous l'action de la bise glacée. Le bois mort ne manquait pas et les hommes jetaient des troncs d'arbres entiers que les vents d'automne avaient jetés à terre.

Il était plus de onze heures quand le vrombissement tant attendu se fit entendre. Les hommes d'André accroupis auprès du feu pour se protéger du froid, se levèrent. Ils l'activèrent quoique celui-ci prodiguât déjà de grandes flammes. L'avion largua ses douze containers comme la première fois. Les hommes plièrent les parachutes, puis les regroupèrent. On attacha les colis avec les cordes pour les tirer sur la neige gelée jusqu'à la grange. Deux hommes suffisaient pour les tracter car une pente opportune et l'abondante couche de neige les aidaient dans cette tâche.

Leur curiosité ne pouvait les faire attendre jusqu'au lendemain. On ouvrit ceux qui leur parurent les plus légers : Ils contenaient des treillis, des rangers, de gros pullovers et de grosses chaussettes de laine !

Ce fut une joie immense. Malgré tous leurs efforts, les hommes souffraient du froid. Les engelures aux orteils et aux mains avaient atteint les plus résistants. On pourrait jeter au feu les vieux vêtements sales, usés et rapiécés. Cet équipement tombait à pic car les nuits de garde par moins dix et parfois jusqu'à moins vingt, étaient terribles. Le vent était piquant et pénétrant sur ce plateau à mille mètres d'altitude malgré l'empilement de vieux manteaux et de gants réservés à l'homme de garde.

Des rations de combat étaient empilées dans deux autres containers.

Le lendemain, le lieutenant Guitoun fit classer les rangers et les treillis par taille. La distribution commença. Les hommes paradèrent dans la cour en treillis et rangers, un large sourire aux lèvres. L'instruction et l'entrainement dans la neige et le froid seraient grandement facilités.

Le commandant Charlus essayait de visiter ses « réduits » ou camps de résistants chaque mois afin de leur apporter des nouvelles et de les galvaniser en attendant le mois d'avril. Le plan de Londres était de disposer d'au moins mille hommes pour bloquer la nationale de Saint-Flour. Charlus était satisfait. Il en comptait déjà, grâce aux derniers recrutements, environ mille deux cents. L'équipement était, à ses yeux, largement insuffisant pour affronter une armée aux abois et jouant son va-tout. Sa longue carrière militaire lui avait appris qu'il fallait combattre avec les moyens dont on disposait…

Il aimait le lieu désolé du plateau de la Bastide. Il savait que les soirées y étaient particulièrement longues, que les hommes s'y ennuyaient souvent. L'avantage était que, réunis dans la grande salle, ils bénéficiaient d'un grand feu de cheminée. Cette chaleur rendait ce lieu plus confortable que beaucoup d'autres. Aussi, cette fois-ci en plus d'un peu de ravitaillement et pour couper court à la morosité ambiante, il leur apporta de nouveaux jeux de cartes. C'était une façon d'occuper leur temps libre d'autant que le tonneau de vin était vide depuis un moment.

Les nouvelles étaient bonnes. Les alliés progressaient sur le front Italien. Mussolini était tombé. Un gouvernement provisoire favorable aux alliés l'avait remplacé. A la mi-avril, les résistants de la Bastide, prendraient position autour de la nationale au Sud de Chaudes-Aigues, et progressivement plus de mille hommes seraient cantonnés dans ces parages.

La mission.

Début avril 1944, l'épais manteau de neige fondait sous le soleil de l'après-midi. André reçut l'ordre de reconnaitre les lieux sur la commune de Lieutades (930 mètres d'altitude) afin de pouvoir cantonner six cents hommes environ. Il choisit Pierre et Marcel pour l'accompagner dans cette mission. Il avait confiance en eux. Ces deux compagnons lui parurent complémentaires pour cette tâche importante qui n'était pas sans danger. Pierre était connu pour sa prudence et son intelligence, Marcel pour sa force, son optimisme et son courage. Il avait mûri et sa fougue de jeunesse s'était calmée avec l'expérience du maquis. Tous les trois connaissaient Lieutades. Avant la guerre, ils ne manquaient jamais la fête patronale du village et son fameux bal musette sous les tilleuls de la place.

Ce village était situé à proximité de la route nationale. Environ deux kilomètres de forêts, de rochers et d'escarpements séparaient le village de l'endroit choisi pour le guet-apens. Les hommes logés dans les hameaux et les burons, pouvaient s'y rendre en nombre en moins d'une heure dès l'alerte donnée.

Ils abandonnèrent leurs treillis pour revêtir leurs habits civils. Ils gardèrent leurs rangers, seules chaussures valables pour marcher une longue journée dans la neige encore épaisse dans les endroits restés à l'ombre. Ils empruntèrent le sentier du Ruols et cheminèrent à travers les prairies, franchirent une vallée abrupte et remontèrent sur le plateau. Ils arrivèrent à Lieutades à la tombée de la nuit. Ce village, éloigné des bourgs, était calme. Il n'y avait pas l'ombre d'un képi ou d'une croix gammée dans ses quelques rues, désertées à cette heure.

André dit :

- Nous allons dormir à l'hôtel de la place. Le père Boudon est un patriote, un ancien poilu de quatorze. Il n'y a rien à craindre. Il n'a pas les « chleus » dans son cœur !

Les deux autres l'approuvèrent. La perspective de dormir dans un bon lit les réjouit. Le père Boudon était heureux de les revoir. Il les accueillit avec une anisette sauvée des affres de la guerre…

- C'est moi qui régale ! Je suppose que dans le maquis vous ne riez pas tous les jours !

La salle du café était déserte. Il baissa le rideau.

- On sera plus tranquille ! Il y a bien longtemps qu'une patrouille a été vue dans le village ! Ne sait-on jamais ? Alors, ça y est ! Ils filent un mauvais coton ! Ce n'est pas le moment de faire les imbéciles… La guerre sera bientôt finie ! Comment, ça se passe dans le maquis ?

Les trois compagnons se regardèrent. Que dire ? Ils restèrent muets. Devant leur silence, il reprit :

- Vous devez être nombreux maintenant avec toutes les persécutions, les arrestations… Ne me dites rien, c'est un secret. Moi qui ai été pendant quatre ans dans les tranchées, je sais ce qu'est un secret militaire. On dit que les murs ont des oreilles d'autant que l'ennemi est de plus en plus nerveux. Ils fusillent pour un rien ! Tiens à Rodez, on parle d'une vingtaine de patriotes fusillés par la gestapo, des gars comme vous, presque tous des jeunes…

- Pouvez-vous nous héberger ce soir ? Juste ce soir ! Nous partirons demain matin de bonne heure.

- Bien sûr ! J'ai une chambre à trois lits et il n'y a personne ce soir à l'hôtel. La guerre a éloigné les voyageurs, estivants et vacanciers !

Il héla sa femme :

- Hé ! Maria, prépare quelque chose de roboratif. Nous avons trois invités sérieux, des gars du pays !

Elle passa sa tête. Quand elle les reconnut, elle vint les embrasser :

- Vous ici ! On vous croyait en Allemagne, au S.T.O !

- Ne leur dis pas ça ! Tu vas les vexer… Ils ont choisi de vivre libres. La vie au maquis doit être difficile, mais au S.T.O, c'est terrible, dit-on ! Mal logés, mal nourris, le travail dans les usines pire que des esclaves, et les bombardements de l'aviation alliée. Un gars du pays est venu en permission, il nous a tout raconté ! Je crois qu'il n'y est pas reparti ! Il se cache au maquis, peut-être est-il des vôtres…

On entendit la mère Boudon s'activer dans la cuisine : des bruits de chaudrons et de casseroles qui s'entrechoquent.

Ils festoyèrent ensemble. Le père Boudon était heureux de raconter une nouvelle fois les épisodes les plus marquants de sa vie dans les tranchées à Verdun et ailleurs.

- Ce que nous avons vécu était le pire de tout. Vous ne pouvez pas imaginer. Pour vous, je le conçois, c'est dur. Mais, vous n'êtes pas sous les bombes tous les jours, dans la boue, avec des copains aujourd'hui vivants, le lendemain macchabées !

Dans l'arrière-boutique, ils écoutèrent la radio de Londres. Les nombreux messages codés indiquaient qu'un débarquement était imminent.

- On va les chasser de chez nous, les gars ! C'est pour bientôt !

Ils se quittèrent sur cette note optimiste. Les trois maquisards profitèrent de la baignoire de l'hôtel qui représentait pour eux un luxe incroyable.

Le lendemain, bien avant que le jour se lève, ils eurent droit à un petit-déjeuner de combattant : œufs au jambon et lait avec un semblant de café. Ils repartirent munis d'un bon casse-croûte :

- Bonne chance ! On ne s'est jamais vu bien sûr ! Après la guerre, on se racontera cette bonne soirée quand vous viendrez boire un verre à l'hôtel de la place de Lieutades !

Toute la journée, ils repérèrent les fermes isolées, les bâtiments, les burons. Dans les nombreux hameaux, à La Borie, La Vayssière, La Garde, Espérac, Sauvetat, de nombreuses maisons, fermes et granges étaient abandonnées. Le commandant Charlus serait content. On pouvait cantonner dans ce coin son bataillon de six cents hommes.

La neige finissait de fondre dans les rues des hameaux. A La Vayssière, ils rencontrèrent une vieille paysanne toute vêtue de noir, avec un fichu sur la tête censé la protéger du froid. Elle promenait ses cinq chèvres.

- Il va bientôt être l'heure de les rentrer, leur dit-elle. C'est leur première sortie depuis quatre mois… Elles sont contentes !

- Pourriez-vous nous abriter pour la nuit ? Ma bonne dame, même dans une grange, demanda André.

- Oh ! Bien sûr ! Vous dormirez dans un lit ! Mes enfants sont partis travailler à la ville. Vous êtes certainement des maquisards ?

- Nous ne voulions pas vous le dire ! Puisque vous avez deviné…

- C'est visible ! Je vais vous faire une bonne soupe et vous gouterez mon fromage de chèvre !

Nos maquisards fendirent du bois pour leur hôtesse et allumèrent le feu dans la cheminée. Celle-ci, mise en confiance, devint plus bavarde :

- Nous avons trois réfugiés dans le hameau. Ils ont passé l'hiver ici. Ils se cachent depuis plus d'un an, peut-être un an et demi. Des Parisiens ! Ils sont très serviables. Ils m'ont fait du bois, l'ont coupé, ils m'ont ramassé des châtaignes pour l'hiver. Ce sont des gens bien. Ici, ils ne craignent rien. Ils me disent qu'ils aimeraient entrer dans la résistance, mais ne connaissent personne !

- Nous les verrons demain avant de partir !

Ce hameau sans téléphone et sans électricité, éloigné des bourgs, offrait toute la sécurité possible pour des maquisards. Il ne pouvait pas y avoir de dénonciateur.

Le lendemain ils visitèrent de façon plus approfondie les hameaux. André notait sur un calepin, dessinait de petits plans avec les maisons et les granges paraissant vides ou abandonnées. Ces hameaux isolés et discrets n'étaient qu'à une trentaine de minutes de marche de la route nationale. C'était de véritables lieux stratégiques. Ils permettaient un repli à travers une forêt escarpée de rocs et de rochers, idéale pour un maquis devant décrocher après son embuscade.

Ils rencontrèrent les trois réfugiés et sympathisèrent. Il y avait un homme de quarante ans, rescapé de la rafle du Vel' d'hiv', un prisonnier de guerre qui avait réussi à s'échapper et le permissionnaire du S.T.O qui n'avait pas regagné son usine d'armement en Bavière. Ceux-ci manifestèrent leur désir de contribuer d'une manière ou d'une autre à la résistance.

André leur dit :

- Restez ici ! Dans quelques semaines la résistance aura besoin de vous. Essayez de rassembler des provisions, cidre, vin. Tout ce que vous pourrez !

- C'est difficile par les temps qui courent. Nous ferons notre possible…

- Et entraînez-vous à marcher en forêt ! ajouta Pierre.

Leur mission accomplie, les trois camarades rentrèrent à la Bastide. On pouvait loger sur le territoire de la commune de Lieutades plus de six cents résistants suffisamment dispersés pour ne pas être surpris par une attaque de l'ennemi, et suffisamment regroupés près du lieu choisi de l'action quand le commandant Charlus en donnera l'ordre.

L'installation dans les hameaux de Lieutadès.

Vers la mi-mai 1944, les hommes de la Bastide reçurent l'ordre de quitter les lieux pour s'installer dans le hameau d'Espérac, commune de Lieutadès. Les quelques rares habitants furent saisis de voir arriver des combattants en treillis, mitraillette à l'épaule. On les rassura. Chaque jour, d'autres jeunes résistants arrivaient. Ils prenaient possession de granges et de fermes inhabitées. Ces hameaux ordinairement habités par quelques habitants, virent leur population décuplée, jusqu'à soixante et même soixante-dix hommes y séjournèrent. En tout, plus de six cents hommes occupèrent les hameaux de Lieutadès. La population, surprise au départ, les aida avec entrain et mit à leur disposition tout ce qu'ils purent, notamment leurs dernières réserves de vin et de nourriture.

Les hommes s'entraînaient pour se rendre rapidement à leur poste de combat. Depuis les différents hameaux, on montait d'abord des pâtures, traversait des bois très touffus de résineux et un ravin. On arrivait ainsi par des défilés de rochers au-dessus de la route nationale. On déblaya beaucoup de bois mort qu'on brûla dans les cheminées.

Le commandant Charlus attribua à chaque dizaine d'hommes un endroit précis d'où ils feraient feu sur l'ennemi. Chaque chef devait poster ses hommes selon leurs capacités et leur armement. On s'abrita derrière des rochers ; on renforça les murs en pierres sèches en hauteur et en épaisseur. Pour que la surprise soit totale le moment venu, il fallait que chaque homme soit camouflé et invisible depuis la route en contre-bas.

Chaque combattant était conscient que l'heure grave approchait. Ils étaient enthousiastes et nerveux. Dans ce premier combat, ils se vengeraient de toutes les humiliations que l'ennemi leur infligeait depuis plus de quatre ans. Ils ne laissaient rien au hasard, conscients que le moindre détail pouvait leur sauver la vie, celle d'un camarade ou rendre leur efficacité plus grande face à l'ennemi.

Charlus avait attribué aux hommes d'André une place située entre deux énormes rochers. Ils disposeraient la mitrailleuse Hotschiss au milieu du dispositif. Un muret de pierre sèche fut construit. De cet endroit, ils pourraient mitrailler le convoi sur plus de cent mètres. Les autres viseraient avec leurs fusils mitrailleurs.

L'action.

Le commandant Charlus convoqua l'assemblée des chefs des dizaines, tous nommés sergents ou sergents chefs. Nous étions le neuf juin 1944. Il leur parla ainsi :

- Le débarquement allié a eu lieu en Normandie. C'est un succès ! Les Allemands ont été surpris, mais contre-attaquent. Le rassemblement de leurs troupes du Sud de la France est commencé. Dès demain matin, à l'aube, tous les résistants doivent être à leur poste. Nous sommes environ mille deux cents, Six cents de notre côté de la route, six cents de l'autre côté. Si mes renseignements sont exacts, le début de la colonne partira à quatre heures du matin de Rodez. Ils seront là au petit jour. Des éclaireurs à motos ou en voitures individuelles passeront en premier. Nous attendrons le gros du convoi sans nous manifester, dans un silence complet et sans faire feu. Attendez mon ordre pour tirer. L'effet de surprise doit être total ! Nous allons leur infliger une cuisante défaite et retarder l'arrivée de leurs renforts dans la bataille de Normandie. Tout le monde doit être protégé derrière des rochers, derrière des murets. La bataille ne fait que commencer ; je veux le moins de pertes possibles. Il y aura bien d'autres combats et je dois préserver mes effectifs ! Par conséquent, pas de tête brûlée à découvert !

Durant le combat nous ne pourrons pas communiquer avec l'autre côté de la route. Chacun se retirera, se dispersera dans la nature, puis dans les hameaux de départ, une fois le boulot fait… et quand j'en aurai donné l'ordre. Chaque dizaine devra rester groupée et en contact avec les autres et moi, dans la mesure du possible. La retraite doit se faire sans panique et dans l'ordre.

Le dix juin 1944, mille deux cents résistants étaient massés en surplomb de la route nationale de Rodez à Saint Flour sur une longueur de trois kilomètres. Le jour se levait dans un ciel gris. Les oiseaux chantaient le renouveau printanier. Des jonquilles, des primevères abondaient dans les sous–bois et les pâtures. Une longue attente anxieuse commença. Un guetteur disposé sur un rocher avec le commandant Charlus scrutait la route jusqu'au premier virage. Enfin ! Vers dix heures, ils entendirent un vrombissement dans le lointain. Les hommes retinrent leur souffle.

- Je vois un motocycliste, suivi d'un autre.

- Tout le monde à son poste ! Silence total ! On laisse passer ; vous attendez mon ordre !

Les hommes armèrent leurs armes et se tinrent prêts. Le vrombissement enflait, gonflait imperturbable, constant, martial. Les chenillettes des automitrailleuses faisaient trembler le sol. Il passa devant l'équipe d'André deux motocyclistes, une Mercédès cabriolet avec un chauffeur et trois gradés. Une automitrailleuse suivait, puis des camions transportant des canons et du matériel, des hommes puis encore des automitrailleuses.

Marcel Rigal n'en pouvait plus d'attendre. Il disait :

- Alors ! On le fait ce carton ?

Charlus s'était porté à l'avant. Quand la première automitrailleuse arriva à sa hauteur, il commanda haut et fort :

- Feu !

Les sergents répétèrent :

- Feu !

Les huit mitrailleuses crachèrent leurs balles. Les dix bazookas visèrent les blindés et les mirent en miettes. Les fusils mitrailleurs crépitèrent. Les dégâts furent immenses. Le début de la colonne allemande fut détruit en totalité sur plus de deux kilomètres. A l'arrière de la colonne, les officiers allemands donnèrent l'ordre d'arrêter puis de reculer. Les fantassins quittèrent leurs véhicules, s'abritèrent dans les champs et les bois tandis que les automitrailleuses tiraient au hasard et sans effet notable en direction des résistants. Les belligérants se faisaient face. Charlus observait. L'ennemi était désorienté et sonné. Il commanda de s'abriter puis de cesser le feu devenu inefficace. L'ennemi pétrifié hésitait… Il battit en retraite.

Le commandant Charlus avait accompli sa mission : bloquer la colonne de secours de l'armée allemande. On déplorait cependant deux morts parmi les résistants et deux blessés. Ceux-ci furent évacués vers le hameau de la Vayssières.

Le docteur Jean Legarrigues.

Le radio demanda l'aide du docteur Legarrigues, chirurgien à Rodez. Une messagère partit à vélo chercher Barbichou. Le chirurgien se mit en chemin sans tarder avec son aide-opératoire et son matériel. Le tilbury galopa jusqu'au soir en prenant des voies secondaires. La route nationale était barrée, réservée à l'armée allemande. A la tombée de la nuit le cheval était épuisé. Ils furent contraints de s'arrêter à l'hôtel du Nord à Saint Amans-des-Cots.

Le docteur Jean Legarrigues était à cette époque le seul chirurgien de Rodez. Il opérait à la clinique Sainte Thérèse tandis que sa femme s'occupait du service de gynéco-obstétrique. C'était un personnage haut en couleur avec le verbe haut qui aimait vivre. En 1944, il approchait de la soixantaine. L'habitude de la bonne chère et des vins vieux l'avait arrondi. Sa face rougeoyante démontrait sa prospérité. Il avait une solide expérience. On disait qu'il opérait « par cœur » en racontant des histoires drôles. Il avait été chirurgien des armées pendant la grande guerre, responsable de l'antenne chirurgicale de Verdun, Sainte Menehould et Châlons-sur-Marne.

- Pour rester un bon chirurgien, disait-il, il faut avant tout garder le moral ! On ne peut pas faire ce boulot si on se laisse déprimer par les catastrophes que la nature humaine ne manque pas de provoquer tout au long de cet épouvantable vingtième siècle ! Comme on n'en est aucunement responsable, il faut essayer de pallier le mieux possible et si possible sans se laisser atteindre par des sentiments négatifs et l'incommensurable bêtise de nos contemporains.

Il s'y employait dans un enthousiasme toujours vivant après plus de trente-cinq ans de carrière ! Pour y parvenir, il devait être bien accompagné. Il choisissait parmi les jeunes infirmières qui sortaient de l'école de Rodez, une jeune fille gaie, avenante, jolie, au sourire engageant, hardie qui riait facilement et ne craignait pas de répondre à ses plaisanteries. Il la formait lui-même, « sur le tas ». Elle devait être disponible à toute heure du jour et de la nuit et aimer cette vie de « dingues » et d'aventures. Son aide opératoire était largement récompensée, ce qui ne l'empêchait pas de démissionner après quelques années de cette vie de « patachon ».

La soirée fut agrémentée et arrosée comme il se doit. Quand on part à l'aventure sur des lieux de « boucherie plutôt que de combats » selon sa propre expression, il faut savoir profiter de l'instant de repos agréable surtout quand on ne sait pas ce que le lendemain sera... Ils reprirent la route dès le lever du jour et n'arrivèrent au hameau de la Vayssières que vers midi. Il se pencha au-dessus des deux blessés. « La balle dans l'épaule » pouvait attendre une ou deux heures. Il se décida d'opérer sans tarder le plus atteint des deux. Une balle s'était logée par ricochet dans l'abdomen. Le blessé couvert de sueur, tremblait par moments pris par des accès de fièvre et commençait à sombrer dans le coma. La péritonite était patente. Il dit de sa voix forte :

- Mais… Il est mourant ? Que fait-il Barbichou ? Il n'est pas encore là ? C'est nous qui venons de Rodez qui arrivons les premiers ?

- Docteur…S'il vous plait… Depuis ce matin, le docteur Barbichou s'occupe de deux accouchements, l'un à Sainte, l'autre à Lacalm, il viendra dès qu'il le pourra !

- C'est vrai, les uns meurent, les autres naissent, c'est la vie qui va et qui vient. Il faut bien renouveler les générations, si on veut recommencer le carnage dans vingt ou trente ans !

Diane, sa jolie aide-opératoire, s'afférait à préparer les outils chirurgicaux. Quand elle entendit cette boutade, elle se redressa et sur sa bouche pulpeuse, se dessina le plus charmant sourire du monde. Legarrigue y puisa son énergie de vieux briscard.

On installa un drap propre sur la table de la salle à manger de la ferme. Le blessé fut installé. Il délirait. L'aide l'endormit à l'éther. Le chirurgien ouvrit, trouva la balle, sutura les plaies de l'intestin, lava et désinfecta le péritoine et posa deux drains. Comme d'habitude, tandis qu'il travaillait de ses mains habiles sous l'œil admiratif de son assistante, le docteur Legarrigue se défoulait par des commentaires ironiques à portée philosophique :

- On était trop tranquille ! Presque quatre ans sans grand carnage dans la région ! Là, ça y est ! On est reparti pour un tour, un cycle ! L'espèce humaine est incorrigible ! Tant qu'il y aura deux hommes sur terre, fussent-ils frères, ils trouveront le moyen de s'entretuer !

Il referma l'abdomen. Le pronostic était réservé mais comme il s'agissait d'un solide gaillard de vingt-quatre ans, il avait toutes les chances de s'en tirer.

Pendant qu'on nettoyait la table et changeait le drap, lui et son aide cassèrent la croûte. Diane qui désirait garder la ligne, boudait les victuailles roboratives de cette ferme d'accueil, transformée en hôpital improvisé.

- Allez, mon petit, mangez... prenez des forces ! On ne sait jamais ce qui nous attend.

On prépara le second blessé. Une balle s'était logée dans son épaule. Le poumon n'était pas touché. Pour le docteur Legarrigue, c'était un jeu d'enfant. La balle fut extraite en un quart d'heure. Il rangea ses affaires, satisfait. Il fumait une cigarette pendant que son aide nettoyait les instruments, et songeait à repartir vers sa clinique de Rodez quand on lui amena plusieurs blessés. Il était fou de rage :

- Tous ces carnages ne finiront-ils jamais ? A quoi leurs sacrifices peuvent-ils servir ? Ils ne savent pas que chaque nuit, les alliés déversent des tonnes de bombes sur les lieux stratégiques de l'Allemagne nazie ? Certes, c'est plus difficile d'attendre sagement dans son coin que de mettre son grain de sel dans le grand carnage final ! Ils sont incorrigibles, vous dis-je ! Bon, allez, on continue ; j'ai l'impression que l'ouvrage ne manquera pas aujourd'hui !

La faute du commandant Charlus.

Le combat avait cessé. L'ennemi se retirait en bon ordre. Charlus profita de cette accalmie inespérée pour réunir ses chefs. Il leur parla ainsi :

- Nous avons réussi à stopper une colonne de l'armée Allemande ! Nous avons anéanti plus de cinquante véhicules et mis hors de combat de nombreux soldats et quelques officiers. Nous avons réussi notre mission ! Je félicite par votre intermédiaire tous les combattants. Vous avez fait preuve d'un courage et d'une discipline exemplaire qui nous ont permis de stopper la colonne ennemie…

Le mieux était de se retirer. Il était certain que les Allemands reviendraient en nombre pour les déloger. Ils devaient passer coûte que coûte.

Il se laissa influencer. Les hommes grisés par leur succès, voulaient se battre. Ils attendaient ce jour depuis plus d'un an. Se retirer après le premier combat victorieux leur paraissait un non-sens. Charlus essaya de les rappeler à la raison. Pour lui, il n'y avait pas de doute, l'ennemi devait passer ; il reviendrait en force, les déborderait par la droite ou par la gauche ; ils seraient décimés !

Dans les rangs, on voulait se battre. Le sergent-chef André Pauhac fut un des plus éloquents :

- Nous tenons le terrain, bien retranchés derrière les rochers. Nous avons eu très peu de pertes. Il nous reste beaucoup de munitions. L'ennemi perdra un temps précieux pour nous déloger. Déjà un jour, certainement deux, trois ou quatre jours. Pendant ce temps, les alliés avancent. Leur tête de pont se fortifie chaque jour. Il est de notre devoir de tenir le plus longtemps possible afin que les renforts ennemis arrivent trop tard.

A ces mots, le commandant Charlus sourit. Il ne voulut pas paraître tiède devant l'enthousiasme et la combativité de ses jeunes sergents. Son rôle n'était-il pas de galvaniser ses troupes pour les emmener au combat ?

- Puisque vous le voulez, nous leur barrerons la route quitte à essuyer des pertes importantes !

Dans la nuit, ils installèrent un barrage sur la route. Les hommes ne dormirent que d'un œil, allongés dans l'herbe à même le sol, à leur place de combat. Dès le lever du jour on entendit vrombir les moteurs des chars. La terre tremblait sous la colonne et se répercutait sur la montagne. Charlus, posté sur son rocher avec ses jumelles, vit l'ampleur de l'attaque. Il commanda :

- Il faut se disperser, on va se faire piler !

Deux cents hommes obéirent. Ils se replièrent dans le bois d'épineux. Les autres voulaient rester, se battre… Charlus criait :

- Dispersez-vous ! Je vous en prie dans un quart d'heure, il sera trop tard !

Il était déjà trop tard. Les premiers obus arrivèrent. Les mitrailleuses allemandes entrèrent en action. Charlus resté debout sur son rocher, fut fauché le premier. Dix résistants tombèrent déchiquetés par la violence de l'attaque. Les autres se retirèrent en rampant parmi les pierres, les rocs et les rochers. Arrivés dans la forêt, ils déguerpirent à grandes enjambées. La plupart des mitrailleuses et des bazookas étaient sauvés.

André était resté. Il surplombait la route entre ses deux gros rochers. Son retranchement paraissait solide. Sa mitrailleuse était en action. Pierre le servait :

- Allez, il faut partir ! Nous sommes les derniers à tenir la position.

- Vas-y, toi ! Moi, je m'en fous ! Je n'ai plus rien à perdre ! J'ai envie de mourir pour la France…

- Tu es fou ! Pense à ta mère ! A tes parents ! Viens !

- Ma raison de vivre est morte ! Je vais la rejoindre au paradis ! Cet ange ne peut qu'être au paradis ! Ils ont tué mon espoir. Je reste jusqu'au bout ! Je les empêche le plus longtemps possible de vous poursuivre ! Toi, tu as une femme ! Tu dois vivre ! Va-t'en ! Je protège ta retraite.

Les balles volaient au-dessus de leur tête, ricochaient dans un fracas abominable sur les rocs et les rochers. Pierre, la mort dans l'âme, partit en rampant jusqu'au bois d'épineux. Il se releva, et, à l'abri d'un gros sapin, jeta un dernier regard sur son ami. La mitrailleuse d'André crachait ses balles avec rage ! Il l'attendit, l'appela. Rien à faire, il ne l'entendait pas :

- Pauvre fou ! Il va y rester.

Une larme perla à ses yeux. A moins d'un miracle, il allait perdre son meilleur ami. Il déguerpit, la mort dans l'âme, pour rejoindre ses camarades.

André, bien protégé par les rochers, tirait sans arrêt. Il était décidé. Aucune peur ne l'effleurait. Bien au contraire, il éprouva un instant la folle impression d'être invincible, de pouvoir arrêter l'armée allemande. Cette surpuissance l'étonnait, le galvanisait. Ce présent intense l'excitait. Pourtant, les résistants de l'autre côté de la route nationale, plus prudents, s'étaient retirés. Il était seul désormais, téméraire et courageux contre un ennemi nombreux et déterminé à en finir. Il ne disposait plus maintenant que d'un chargeur. Sa résolution était prise. Elle était suicidaire. Il irait jusqu'au bout, jusqu'au sacrifice suprême. Il rejoindrait bientôt son amour, celle qu'on avait injustement tuée parce que son seul tort avait été d'aimer... quelqu'un... fut-il un ennemi ! Par son don de lui-même pour son pays, pour sa patrie, pour protéger la retraite de ses camarades, son sacrifice rachèterait le péché d'amour de cette femme, élevée dans sa conscience au rang de divinité : Clara...

Il finit son chargeur, marqua un temps d'arrêt, observa. L'ennemi, prudent, avançait en mitraillant à tout va. André n'avait plus rien à faire dans cet abri. C'était idiot d'attendre qu'on le fasse prisonnier. Il décida de se retirer. Il rampa dans l'herbe fraîche, encore perlée de rosée matinale. Encore une dizaine de mètres... et il atteindrait la forêt protectrice... Les balles des fusils mitrailleurs allemands sifflaient à ses oreilles. Les rafales se suivaient drues, puissantes, sans jamais s'interrompre dans un raffut d'apocalypse. En atteignant la lisière de la pinède, il crut qu'il était hors d'atteinte.

- « Sauvé ! » se dit-il.

Il se redressa trop tôt pour courir vers ses camarades qui l'attendaient là-bas, un peu plus loin, dans l'épaisseur du bois, inquiets par cette témérité nouvelle qu'ils ne lui connaissaient pas, lui, le camarade qui leur avait souvent prêché la prudence. Il ne fit qu'une enjambée. Une rafale le faucha. Il tomba dans l'herbe parsemée de jonquilles. La douleur le cloua au sol. Sa cuisse saignait abondamment. Il pensa :

- J'ai le fémur brisé !

Le feu allemand cessa. Les officiers inspectaient le champ de bataille à l'aide de leurs jumelles, à la recherche d'un tireur embusqué. Un silence anormal recouvrit les plantes, les rocs et les arbres. André prêta l'oreille, regarda autour de lui. Des camarades gisaient sur le sol, morts pour la plupart, quelques-uns très gravement blessés, geignaient, se plaignaient, appelaient au secours ou râlaient dans les derniers spasmes de l'agonie. Des ordres gutturaux retentirent, des pas de bottes se rapprochèrent. Un coup de feu retentissait de temps en temps, entrecoupé de silence, puis un autre, puis encore un autre… ici et là… assez espacés.

- Ils achèvent les blessés, se dit André, conscient du danger. Bientôt, ce sera mon tour !

Il était faible. Sa cuisse était atrocement douloureuse. Elle le clouait au sol, l'immobilisait, le figeait. On lui avait dit que sur le plateau des Glières près d'Annecy, les Allemands avaient achevé les blessés, fusillés les prisonniers. Il fallait déguerpir au plus vite, se cacher ! Dans un sursaut de vie, il rassembla ses forces et rampa. A deux mètres seulement, il aperçut un creux derrière un rocher, recouvert d'un pin cassé par le tir d'un char. Un espace entre le roc et le tronc, permettait de se glisser dans cette cachette. Là, en-dessous, il se dissimulerait. Il aurait peut-être la chance de ne pas être vu et ses camarades, Pierre, Marcel, Mathieu viendraient le secourir dès qu'ils le pourraient. Il se redressa sur ses mains et, centimètre par centimètre, rampa dans un sursaut d'énergie surhumaine. Il laissait derrière lui une trace sanglante sur l'herbe verte. Il sentait ses forces l'abandonner. Seulement un mètre le séparait maintenant de sa cachette… Il ne pouvait plus avancer ; la force de progresser sur ses avant-bras lui manquait ; il était trop faible. Un terrible épuisement, une ultime envie de dormir, de sombrer dans le néant, l'envahit. Il prit le parti de faire le mort.

De longues minutes s'écoulèrent, entrecoupées d'ordres gutturaux. Les bruits de bottes approchaient. Sa tête lui tournait. Un rideau de tulle blanc semblait flotter devant ses yeux. André perdit connaissance. Quand les Allemands le virent, baignant dans une mare de sang, respirant à peine, l'un d'eux avec son pistolet d'officier, visa son crâne et tira presque à bout-portant. Sa tête fut pulvérisée…

Le maquis se regroupa dans les forêts de Lieutadès. Avant le combat, le commandant Charlus avait fait dresser des murs de pierres sèches au-dessus d'un ravin. Si les fantassins ennemis les poursuivaient, ils étaient obligés de descendre dans ce ravin abrupt avant de le remonter. Dissimulés en haut, derrière ces murets, les cinq cents maquisards encore debout, pouvaient tenir longtemps devant des ennemis plus nombreux.

Les Allemands ne les poursuivirent pas. Une unité du génie dégagea la route des nombreuses épaves. Ils évacuèrent leurs blessés et leurs morts. Après des pertes non négligeables, ils se remirent en route. Leur colonne fut retardée de trois jours.

On dénombra plus de cinquante morts parmi les résistants. Seulement une dizaine de blessés purent être évacués vers l'antenne chirurgicale du hameau de La Vayssière.

Après la bataille.

Les résistants revinrent sur les lieux de la bataille pour enterrer leurs camarades tués par l'ennemi. Quelle ne fut pas l'émotion de Pierre quand il trouva André ! Il prit la résolution de transporter son corps chez ses parents à Cantoin. Avec l'aide de Marcel et Mathieu Rigal, Pierre l'achemina sur une civière au hameau de La Vayssière. Une toile de parachute lui servit de linceul. Puis ils le transportèrent sur une charrette jusque chez lui.

Quand ils virent le convoi funèbre arriver à pas lents, entouré de huit résistants en uniforme le fusil mitrailleur dressé dans leurs bras vers le ciel, les pauvres parents comprirent tout de suite. Leur enfant s'était sacrifié sur l'autel de la patrie. Ils le déposèrent dans sa chambre, là où chaque nuit André avait dormi bercé par de jolis rêves d'amour avec Clara.

Dans la nuit, le père et la mère Paulhac se recueillaient près du corps de leur fils dont la tête éclatée était dissimulée par son linceul de toile. Quatre candélabres donnaient une clarté blafarde dans la nuit de la chambre. Les murs nus, blanchis à la chaux quelques années plus tôt, paraissaient grisâtres et austères. Seule, une image du Christ dans un cadre ancien était suspendue au-dessus du lit. Elle était là, par habitude, vieillie, d'un bleu pastel délavé par le temps. Le Christ apparaissait avec sa couronne d'épines, son auréole, la face régulière et tranquille de l'homme-Dieu. Ses deux mains montraient son cœur dessiné sur sa poitrine. En-dessous de l'image, on lisait : « Ceci est mon corps, ceci est mon sang ». La mère Paulhac s'agenouillait de longues minutes sur un prie-Dieu puis se rasseyait sur une chaise pour se reposer. Ses Ave et ses Pater, psalmodiés inlassablement, agissaient comme des bouffées d'air frais qui l'aidaient à respirer, tant le poids de sa souffrance l'étouffait. Le père Paulhac, élevé comme tous les paysans du Rouergue dans la religion catholique, avait perdu la foi dans les tranchées de la Grande Guerre. Il regardait le linceul de son fils, puis par instant, l'image sainte. Ce regard supraterrestre le questionnait. Il l'apaisa d'abord, le consola et sembla lui indiquer le chemin de la bonté. Etait-ce une quelconque intention du ciel ? Ce fut comme si l'esprit de l'Evangile le pénétrait de nouveau après tant d'années d'oubli. Une étincelle jaillit soudain du fond de son cœur. Il murmura à l'oreille de sa femme, comme s'il ne voulait pas déranger le défunt :

- Tu sais ce qui ferait plaisir à notre fils ?

- Non ?

La souffrance de Madame Paulhac transparaissait sur son visage pâle, à double menton, intense, naïve et silencieuse. Ses yeux laissaient s'échapper par instants quelques larmes vite réprimées qu'elle essuyait avec discrétion parce qu'on ne l'avait jamais habituée à se plaindre. Elle regarda son mari dans une touchante inquiétude interrogative.

- Ce serait d'être enterré à côté de « sa Clara » !

Elle lui sourit pour la première fois depuis longtemps.

- Oui ! Je crois ! Tu penses que les Guidicelli voudront ?

Cette idée lui plaisait. Elle lui parut comme l'apothéose de l'amour transcendé de son fils envers cette fille revêche, comme un aboutissement post-mortem du rêve de sa vie : reposer en paix, pour l'éternité, à côté de sa bien-aimée !

- Je pense qu'ils ne refuseront pas dans ce contexte affreux qui frappe nos deux familles et nous unit dans la douleur et la peine ! On peut toujours le leur demander ! répondit-il, conforté par l'avis de sa femme.

- Je ne les crois pas aussi insociables ou sauvages que les gens le disent encore… ajouta-t-elle.

Clara avait été enterrée dans le cimetière du Castelou. Cela nécessite quelques explications. Avant la Révolution, les marquis de Beauregard jouissaient du privilège d'enterrer leurs morts sur leur propriété. Un cimetière abandonné depuis des temps immémoriaux, entouré de quatre murs de pierres sèches à demi-écroulés, subsistait. Il était situé derrière le château, à côté d'une prairie, au-delà du potager familial. On y pénétrait par une entrée monumentale constituée de deux hauts piliers couronnés d'un fronton sur lequel on aurait pu voir les armoiries des Beauregard, si le temps ne les avait pas effacées. Ce cimetière oublié était envahi par les herbes, les genêts et les ronces. Quelques pierres tombales gisaient ici et là, à demi recouvertes par la végétation.

Quelques jours après que le certificat de Barbichou parvînt sur le bureau du procureur de Rodez, celui-ci délivra le permis d'inhumer. Le père Guidicelli eut envie de garder sa fille sur sa terre, près de lui, comme pour mieux la chérir. Il demanda l'autorisation au maire de la commune qui, ne put dans ces circonstances particulières, la lui refuser. En quelques jours, le vieux cimetière fut nettoyé, rénové. On remit des cailloux blancs dans l'allée principale. On y planta des fleurs et des rosiers. Tout au fond à droite, Mario Guidicelli voulut creuser lui-même la tombe de sa fille. Il s'y attela de bonne heure le matin, à l'heure où les premières lueurs du jour blanchissent la campagne. Le sol était gelé et dur. Toute la matinée, il creusa, peina sans jamais se plaindre ; il ahana si fort en portant des coups redoublés de pioche sur la terre durcie que les falaises répercutèrent dans la vallée l'expression de sa rage de vaincre. Il transpira à grosses gouttes. Il aimait sentir sa force, sûre, constante, rassurante. C'était comme si une main supraterrestre l'assistait, le guidait. Il avait l'impression de racheter des fautes ancestrales qu'il n'avait pas commises, mais dont on l'affublait. Chaque pelletée arrachée au sol le confortait. L'œuvre s'accomplissait. A midi, il s'épongea le front avec son grand mouchoir à carreaux. Il remonta du trou et contempla son travail. Encore une fois, il avait vaincu l'adversité des éléments.

- C'est bon ! Cette tombe est suffisamment profonde. Clara y reposera en paix.

Ainsi, chaque matin, avant de commencer sa dure journée de labeur, il gagna le droit d'aller se recueillir sur la tombe de sa fille.

Le lendemain matin, le père Paulhac sella son cheval. Il galopa d'un seul trait jusqu'au château de Beauregard. Il trouva Mario Guidicelli affairé à distribuer le travail de la journée à ses garçons de ferme. Quand il vit un cavalier descendre son chemin, il s'approcha de l'entrée de son domaine pour l'accueillir. Il reconnut vite la silhouette d'Eugène Paulhac

- Quel bon vent vous amène, Monsieur Paulhac ?

- Sale vent, mon ami ! Ces idiots de résistants ont attaqué l'armée allemande ; la nouvelle vous est-elle parvenue ? Sur la nationale de Chaudes-Aigues… Et mon fils André est mort dans l'échauffourée ! Quel gâchis ! Alors qu'il n'avait qu'à attendre que la guerre se termine ! Bande d'idiots ! Quel est cet impérieux besoin de la jeunesse de s'agiter pour provoquer des catastrophes ?

- A qui le dites-vous ! Ils m'ont tué ma Clara ! Je ne m'en consolerai jamais… Je sais, elle a eu le grand tort de s'amouracher de ce SS ! Je le lui avais reproché ; je l'avais exhortée à rompre cette liaison inopportune ! Sans effet ! Est-ce une raison pour la tuer ? C'est difficile la jeunesse ! On a beau leur rappeler la prudence, la sagesse, la logique… Elle se précipite là où le danger est maximum, inconscients qu'ils sont. Et même les filles s'y mettent maintenant avec leurs idées d'émancipation ! C'est trop tard ; elle n'est plus de ce monde… Nous n'avons plus que nos yeux pour pleurer ! Voulez-vous voir sa tombe ?

- Je suis là pour cette raison !

Eugène Paulhac attacha son cheval aux anneaux de la cour. Ils se rendirent ensemble au cimetière tout en bavardant.

- Et, votre fils, Fernando ? Parle-t-on de le libérer ?

- Toujours en Bavière à travailler pour les Allemands avec des bombardements, nuit et jour. Son dernier courrier remonte à plus de deux mois. On déménageait leur usine dans les souterrains d'une ancienne carrière ! Cette guerre arrive à sa fin ; elle risque d'être la période la plus meurtrière…

Eugène Pauhac aperçut de loin l'entrée du cimetière. Elle lui parut monumentale. Une grille de fer forgé venait d'être posée. Une allée de cailloux blancs resplendissait sous le soleil. Des rosiers fleurissaient le long des murs de pierre. Ils poussèrent la grille et, d'un pas de religieux, se rendirent devant la tombe de Clara. On attendait encore la pierre tombale en marbre que ses parents avaient commandée. La terre de la tombe était recouverte de cailloux blancs. Un hortensia blanc la fleurissait. Une simple croix de bois noire était dressée à sa tête. Clara semblait régner comme une souveraine au milieu des marquis et des marquises déchus d'une autre époque.

Les deux hommes se recueillirent un instant. Ils essuyèrent d'un revers de main leurs yeux humides.

- Mon fils était très amoureux de votre fille. Vous savez ? Il aurait voulu l'épouser ! Il me l'avait confié…

- Je l'avais deviné quand vous êtes venu me serrer la main le jour de la retraite aux flambeaux avant la guerre… J'aurais aimé favoriser cette union. Ma Clara avait toutes les qualités dont le Créateur a pourvu ses élues… et le grand défaut d'être entêtée !

- Avec ma femme, nous avons pensé que le plus grand plaisir de notre fils… je veux dire son plus grand désir post-mortem, serait de reposer là, en paix, aux côtés de votre fille !

- Hé ! Pourquoi pas ? Elle ne sera plus seule au fond de ce cimetière, au milieu des marquis et des nobles d'une époque révolue… Elle aura au moins un compagnon de son temps pour lui tenir compagnie !

C'est ainsi qu'André gagna le privilège inouï de reposer pour l'éternité à côté de sa bien-aimée, Clara Guidicelli…

EPILOGUE

Les combats du Mont Mouchet pour le contrôle de la nationale neuf, furent plus sanglants encore. Quatre mille deux cents hommes y avaient été massés. Après le succès du premier jour, la résistance persuadée de sa supériorité persista. Les Allemands plus nombreux et mieux armés réussirent à les encercler. Les patriotes essuyèrent de nombreuses pertes mais réussirent à décrocher pendant la nuit et à refluer vers la Truyère.

Rodez fut libérée le dix-huit août et Millau, le vingt-deux août 1944 dans une opération de harcèlement des troupes allemandes en rapport avec le débarquement allié du Sud de la France du quinze août (Général Jean de Lattre de Tassigny). Pierre Cazes, Marcel et Mathieu Rigal, ainsi que l'ensemble du maquis de la Viadène participèrent à ces opérations.

Pierre reprit sa place d'instituteur le premier octobre 1944 tandis que ses frères d'armes s'engageaient dans l'armée de libération de de Lattre de Tassigny, rejoignaient la deuxième DB en Bourgogne, combattaient dans l'Est de la France, libéraient Strasbourg. Marcel Rigal et son frère Mathieu furent de ceux de la deuxième D.B qui prirent le nid d'aigle d'Hitler à Berchtesgaden.

Marcel et Mathieu Rigal s'engagèrent dans l'armée française pour trois ans. Ils firent partie des régiments d'occupation de la Sarre.

Nous retrouverons Marcel Rigal dans : « Prisonnier ». Puis Mario et Fernando Guidicelli dans : « Les étranges crimes de la Viadène. »

La fatalité avait uni les familles Paulhac et Guidicelli autour des tombes de Clara et d'André. Par un retournement heureux du destin,

Fernando Guidicelli, revenu sain et sauf d'Allemagne, épousa le vingt juin 1946 la sœur cadette d'André Paulhac : Martine, qui était âgée de dix-huit ans. Une grande fête fut donnée au château de Beauregard. La grande salle voûtée du Castelou retentit jusque tard dans la nuit des cris de joie de la jeunesse de Sainte Geneviève, réunie pour danser et chanter la paix retrouvée et leur confiance dans l'avenir.

Plus tard, Martine et Fernando Guidicelli eurent à administrer un des plus grands domaines de la région. Désormais les habitants de la région oublièrent que leur nom reste et restera un patronyme italien pour voir en eux d'honnêtes et riches paysans du plateau de la Viadène, toujours prêts à rendre service à leurs semblables… Ils furent heureux et eurent beaucoup d'enfants…

Du même auteur sur Amazon livres :

L'ILLUSION D'UN REVE (Roman)
CONFIDENCES ET CONFESSIONS D'UNE FEMME (Roman)
MON MOIS DE MAI 68
(Roman traduit en Anglais par Elizabeth Workman : MY STORY OF MAY 68)

PRISONNIER (Roman)
LES ETRANGES CRIMES DU PLATEAU DE LA VIADENE (Roman)
LA DROLE DE VIE D'ANDRE RIGAL DIT « Dédé. » Mémoires d'un proxénète. (Roman)
LA VIE CACHEE DE « Dédé » (Roman)
L'APPRENTISSAGE DE STEVE (Roman)
L'ALLEMAND QUI AURAIT VOULU ETRE FRANÇAIS (Roman)
UNE HISTOIRE D'AMOUR ET D'AMITIE. SOUVENIRS D'ALGERIE. (Roman)

Un précis de diététique : COMMENT BIEN S'ALIMENTER
COMMENT RESTER EN BONNE SANTE (Précis de médecine préventive)

Découvrez les CHANSONS et poèmes de Gilbert Trichet sur les plateformes musicales : YOU TUBE, Amazon music, Apple music, Spotify, Deezer, etc.

Printed by Amazon Italia Logistica S.r.l.
Torrazza Piemonte (TO), Italy

38043971R00100